結局

徐訏文集

小說卷

導言　徬徨覺醒：徐訏的文學道路

陳智德

「個人的苦悶不安，徬徨無依之感，正如在大海狂濤中的小舟。」[1]

——徐訏〈新個性主義文藝與大眾文藝〉

在二十世紀四、五十年代之交，度過戰亂，再處身國共內戰意識形態對立夾縫之間的作家，應自覺到一個時代的轉折在等候著，尤其在當時主流的左翼文壇以外，被視為「自由主義作家」或「小資產階級作家」的一群，包括沈從文、蕭乾、梁實秋、張愛玲、徐訏等等，一整代人在政治旋渦以至個人處境的去與留之間徘徊，最終作出各種自願或不由自主的抉擇。

[1] 徐訏〈新個性主義文藝與大眾文藝〉，收錄於《現代中國文學過眼錄》，台北：時報文化，一九九一。

一

一九四六年八月，徐訏結束接近兩年間《掃蕩報》駐美特派員的工作，從美國返回中國，直至一九五〇年中離開上海奔赴香港，在這接近四年的歲月中，他雖然沒有寫出像《鬼戀》和《風蕭蕭》這樣轟動一時的作品，卻是他整理和再版個人著作的豐收期，他首先把《風蕭蕭》交給由劉以鬯及其兄長新近創辦起來的懷正文化社出版，據劉以鬯回憶，該書出版後，「相當暢銷，不足一年，（從一九四六年十月一日到一九四七年九月一日），印了三版」[2]，其後再由懷正文化社或夜窗書屋初版或再版了《阿刺伯海的女神》（一九四六年初版）、《烟圈》（一九四六年初版）、《蛇衣集》（一九四八年初版）、《幻覺》（一九四八年初版）、《四十詩綜》（一九四八年初版）、《兄弟》（一九四七年再版）、《母親的肖像》（一九四七年再版）、《生與死》（一九四七年再版）、《春韮集》（一九四七年再版）、《一家》（一九四七年再版）、《海外的鱗爪》（一九四七年再版）、《舊神》（一九四七年再版）、《成人的童話》（一九四七年再版）、《西流集》（一九四七年再版）、潮來的時候（一九四八年再版）、《黃浦江頭的夜月》（一九四八年再版）、《吉布賽的誘惑》（一九四九再版）、《婚

[2] 劉以鬯〈憶徐訏〉，收錄於《徐訏紀念文集》，香港：香港浸會學院中國語文學會，一九八一。

事》（一九四九年再版），[3]粗略統計從一九四六年至一九四九年這三年間，徐訏在上海出版和再版的著作達三十多種，成果可算豐盛。

《風蕭蕭》早於一九四三年在重慶《掃蕩報》連載時已深受讀者歡迎，一九四六年首次結集成單行本出版，沈寂的回憶提及當時讀者對這書的期待：「這部長篇在內地早已是暢銷一時的名著，可是淪陷區的讀者還是難得一見，也是早已企盼的文學作品」[4]，當劉以鬯及其兄長創辦懷正文化社，就以《風蕭蕭》為首部出版物，十分重視這書，該社創辦時發給同業的信上，即頗為詳細地介紹《風蕭蕭》，作為重點出版物。徐訏有一段時期寄住在懷正文化社的宿舍，與社內職員及其他作家過從甚密，直至一九四八年間，國共內戰愈轉劇烈，幣值急跌，金融陷於崩潰，不單懷正文化社結束業務，其他出版社也無法生存，徐訏這階段整理和再版個人著作的工作，無法避免遭遇現實上的挫折。

然而更內在的打擊是一九四八至四九年間，主流左翼文論對被視為「自由主義作家」或「小資產階級作家」的批判，一九四八年三月，郭沫若在香港出版的《大眾文藝叢刊》第一輯發表〈斥反動文藝〉，把他心目中的「反動作家」分為「紅黃藍白黑」五種逐一批判，點名

3 以上各書之初版及再版年份資料是據賈植芳、俞元桂主編《中國現代文學總書目》、北京圖書館編《民國時期總書目，一九一一—一九四九》。

4 沈寂〈百年人生風雨路——記徐訏〉，收錄於《徐訏先生誕辰100週年紀念文選》，上海：上海社會科學院出版社，二〇〇八。

批評了沈從文、蕭乾和朱光潛。該刊同期另有邵荃麟〈對於當前文藝運動的意見——檢討・批判・和今後的方向〉一文重申對知識份子更嚴厲的要求，包括「思想改造」。雖然徐訏不像沈從文般受到即時的打擊，但也逐漸意識到主流文壇已難以容納他，如沈寂所言：「自後，上海一些左傾的報紙開始對他批評。他無動於衷，直至解放，輿論對他公開指責。稱《風蕭蕭》歌頌特務。他也不辯論，知道自己不可能再在上海逗留，上海也不會再允許他曾從事一輩子的寫作，就捨別妻女，離開上海到香港。」[5] 一九四九年五月二十七日，解放軍攻克上海，中共成立新的上海市人民政府，徐訏仍留在上海，差不多一年後，終於不得不結束這階段的工作，在不自願的情況下離開，從此一去不返。

二

一九五〇年的五、六月間，徐訏離開上海來到香港。由於內地政局的變化，其時香港聚集了大批從內地到港的作家，他們最初都以香港為暫居地，但隨著兩岸局勢進一步變化，他們大部份最終定居香港。另一方面，美蘇兩大陣營冷戰局勢下的意識形態對壘，造就五十年代香港文化刊物興盛的局面，內地作家亦得以繼續在香港發表作品。徐訏的寫作以小說和新詩為主，

[5] 沈寂〈百年人生風雨路——記徐訏〉，收錄於《徐訏先生誕辰100週年紀念文選》，上海：上海社會科學院出版社，二〇〇八。

來港後亦寫作了大量雜文和文藝評論，五十年代中期，他以「東方既白」為筆名，在香港《祖國月刊》及台灣《自由中國》等雜誌發表〈從毛澤東的沁園春說起〉、〈新個性主義文藝與大眾文藝〉、〈在陰黯矛盾中演變的大陸文藝〉等評論文章，部份收錄於《在文藝思想與文化政策中》、《回到個人主義與自由主義》及《現代中國文學過眼錄》等書中。

徐訏在這系列文章中，回顧也提出左翼文論的不足，特別對左翼文論的「黨性」提出質疑，也不同意左翼文論要求知識份子作思想改造。這系列文章在某程度上，可說回應了一九四八、四九年間中國大陸左翼文論的泛政治化觀點，更重要的，是徐訏在多篇文章中，以自由主義文藝的觀念為基礎，提出「新個性主義文藝」作為他所期許的文學理念，他說：「新個性主義文藝必須在文藝絕對自由中提倡，要作家看重自己的工作，對自己的人格尊嚴有覺醒而不願為任何力量做奴隸的意識中生長。」[6] 徐訏文藝生命的本質是小說家、詩人，理論鋪陳本不是他強項，然而經歷時代的洗禮，他也竭力整理各種思想，最終仍見頗為完整而具體地，提出獨立的文學理念，尤其把這系列文章放諸冷戰時期左右翼意識形態對立、作家的獨立尊嚴飽受侵蝕的時代，更見徐訏提出的「新個性主義文藝」所倡導的獨立、自主和覺醒的可貴，以及其得來不易。

《現代中國文學過眼錄》一書除了選錄五十年代中期發表的文藝評論，包括《在文藝思想

6 徐訏〈新個性主義文藝與大眾文藝〉，收錄於《現代中國文學過眼錄》，台北：時報文化，一九九一。

與文化政策中》和《回到個人主義與自由主義》二書中的文章，也收錄一輯相信是他七十年代寫成的回顧五四運動以來新文學發展的文章，集中在思想方面提出討論，題為「現代中國文學的課題」，多篇文章的論述重心，正如王宏志所論，是「否定政治對文學的干預」[7]，而當中表面上是「非政治」的文學史論述，「實質上具備了非常重大的政治意義：它們否定了大陸的文學史論述」[8]，徐訏所針對的是五十年代至文革期間中國大陸所出版的文學史當中的泛政治論述，動輒以「反動」、「唯心」、「毒草」、「逆流」等字眼來形容不符合政治要求的作家；所以王宏志最後提出《現代中國文學過眼錄》一書的「非政治論述」，實際上「包括了多麼強烈的政治含義」。這政治含義，其實也就是徐訏對時代主潮的回應，以「新個性主義文藝」所倡導的獨立、自主和覺醒，抗衡時代主潮對作家的矮化和宰制。

《現代中國文學過眼錄》一書顯出徐訏獨立的知識份子品格，然而正由於徐訏對政治和文藝的清醒，使他不願附和於任何潮流和風尚，難免於孤寂苦悶，亦使我們從另一角度了解徐訏文學作品中常常流露的落寞之情，並不僅是一種文人性質的愁思，而更由於他的清醒和拒絕附和。一九五七年，徐訏在香港《祖國月刊》發表〈自由主義與文藝的自由〉一文，除了文藝評論上的觀點，文中亦表達了一點個人感受：「個人的苦悶不安，徬徨無依之感，正如在大海狂

---

7 王宏志〈心造的幻影——談徐訏的《現代中國文學的課題》〉，收錄於《歷史的偶然：從香港看中國現代文學史》，香港：牛津大學出版社，一九九七。

8 同前註。

濤中的小舟。」[9]放諸五十年代的文化環境而觀，這不單是一種「個人的苦悶」，更是五十年代一輩南來香港者的集體處境，一種時代的苦悶。

三

徐訏到香港後繼續創作，從五十至七十年代末，他在香港的《星島日報》、《星島週報》、《祖國月刊》、《今日世界》、《文藝新潮》、《熱風》、《筆端》、《七藝》、《新生晚報》、《明報月刊》等刊物發表大量作品，包括新詩、小說、散文隨筆和評論，並先後結集為單行本，著者如《江湖行》、《盲戀》、《時與光》、《悲慘的世紀》等。香港時期的徐訏也有多部小說改編為電影，包括《風蕭蕭》（屠光啟導演、編劇，香港：邵氏公司，一九五四）、《傳統》（唐煌導演、徐訏編劇，香港：亞洲影業有限公司，一九五五）、《痴心井》（唐煌導演、王植波編劇，香港：邵氏公司，一九五五）、《鬼戀》（屠光啟導演、編劇，香港：麗都影片公司，一九五六）、《盲戀》（易文導演、徐訏編劇，香港：新華影業公司，一九五六）、《後門》（李翰祥導演、王月汀編劇，香港：邵氏公司，一九六〇）、《江湖行》（張曾澤導演、倪匡編劇，香港：邵氏公司，一九七三）、《人約黃昏》（改編自《鬼戀》，

[9] 徐訏〈自由主義與文藝的自由〉，收錄於《個人的覺醒與民主自由》，台北：傳記文學出版社，一九七九。

陳逸飛導演、王仲儒編劇，香港：思遠影業公司，一九九六）等。

徐訏早期作品富浪漫傳奇色彩，善於刻劃人物心理，如〈鬼戀〉、〈吉布賽的誘惑〉、〈精神病患者的悲歌〉等，五十年代以後的香港時期作品，部份延續上海時期風格，如《江湖行》、《後門》、《盲戀》，貫徹他早年的風格，另一部份作品則表達歷經離散的南來者的鄉愁和文化差異，如小說《過客》、詩集《時間的去處》和《原野的呼聲》等。

從徐訏香港時期的作品不難讀出，徐訏的苦悶除了性格上的孤高，更在於內地文化特質的堅守，拒絕被「香港化」。在《鳥語》、《過客》和《癡心井》等小說的南來者角色眼中，香港不單是一塊異質的土地，也是一片理想的墓場、一切失意的觸媒。一九五〇年的《鳥語》以「失語」道出一個流落香港的上海文化人的「雙重失落」，而在《癡心井》的終末則提出香港作為上海的重像，形似卻已毫無意義。徐訏拒絕被「香港化」的心志更具體見於一九五八年的《過客》，自我關閉的王逸心以選擇性的「失語」保存他的上海性，一種不見容於當世的孤高，既使他與現實格格不入，卻是他保存自我不失的唯一途徑。[10]

徐訏寫於一九五三年的〈原野的理想〉一詩，寫青年時代對理想的追尋，以及五十年代從上海「流落」到香港後的理想幻滅之感：

10 參陳智德《解體我城：香港文學1950-2005》，香港：花千樹出版有限公司，二〇〇九。

多年來我各處漂泊，
唯願把血汗化為愛情，
遍灑在貧瘠的大地，
孕育出燦爛的生命。

但如今我流落在污穢的鬧市，
陽光裡飛揚著灰塵，
垃圾混合著純潔的泥土，
花不再鮮豔，草不再青。

海水裡漂浮著死屍，
山谷中蕩漾著酒肉的臭腥，
潺潺的溪流都是怨艾，
多少的鳥語也不帶歡欣。

茶座上是庸俗的笑語，
市上傳聞著漲落的黃金，

戲院裡都是低級的影片，
街頭擁擠著廉價的愛情。

此地已無原野的理想，
醉城裡我為何獨醒，
三更後萬家的燈火已滅，
何人在留意月兒的光明。

「原野的理想」代表過去在內地的文化價值，在作者如今流落的「污穢的鬧市」中完全落空，面對的不單是現實上的困局，更是觀念上的困局。這首詩不單純是一種個人抒情，更哀悼一代人的理想失落，筆調沉重。〈原野的理想〉一詩寫於一九五三年，其時徐訏從上海到香港三年，由於上海和香港的文化差距，使他無法適應，但正如同時代大量從內地到香港的人一樣，他從暫居而最終定居香港，終生未再踏足家鄉。

四

司馬長風在《中國新文學史》中指徐訏的詩「與新月派極為接近」，並以此而得到司馬長風的正面評價，[11] 徐訏早年的詩歌，包括結集為《四十詩綜》的五部詩集，形式大多是四句一節，隔句押韻，一九五八年出版的《時間的去處》，收錄他移居香港後的詩作，形式上變化不大，仍然大多是四句一節，隔句押韻，大概延續新月派的格律化形式，使徐訏能與消逝的歲月多一分聯繫，該形式與他所懷念的故鄉，同樣作為記憶的一部份，而不忍割捨。

在形式以外，《時間的去處》更可觀的，是詩集中〈原野的理想〉、〈記憶裡的過去〉、〈時間的去處〉等詩流露對香港的厭倦、對理想的幻滅、對時局的憤怒，很能代表五十年代一輩南來者的心境，當中的關鍵在於徐訏寫出時空錯置的矛盾。對現實疏離，形同放棄，皆因被投放於錯誤的時空，卻造就出《時間的去處》這樣近乎形而上地談論著厭倦和幻滅的詩集。

六七十年代以後，徐訏的詩歌形式部份仍舊，卻有更多轉用自由詩的形式，不再四句一節，隔句押韻，這是否表示他從懷鄉的情結走出？相比他早年作品，徐訏六七十年代以後的詩作更精細地表現哲思，如《原野的理想》中的〈久坐〉、〈等待〉和〈觀望中的迷失〉、〈變

11 司馬長風《中國新文學史（下卷）》，香港：昭明出版社，一九七八。

幻中的蛻變〉等詩，嘗試思考超越的課題，亦由此引向詩歌本身所造就的超越。另一種哲思，則思考社會和時局的幻變，《原野的理想》中的〈小島〉、〈擁擠著的群像〉以及一九七九年以「任子楚」為筆名發表的〈無題的問句〉，時而抽離、時而質問，以至向自我的內在挖掘，尋求回應外在世界的方向，尋求時代的真象，因清醒而絕望，卻不放棄掙扎，最終引向的也是詩歌本身所造就的超越。

最後，我想再次引用徐訏在《現代中國文學過眼錄》中的一段：「新個性主義文藝必須在文藝絕對自由中提倡，要作家看重自己的工作，對自己的人格尊嚴有覺醒而不願為任何力量做奴隸的意識中生長。」[12]時代的轉折教徐訏身不由己地流離，歷經苦思、掙扎和持續的創作，最終以倡導獨立自主和覺醒的呼聲，回應也抗衡時代主潮對作家的矮化和宰制，可說從時代的轉折中尋回自主的位置，其所達致的超越，與〈變幻中的蛻變〉、〈小島〉、〈無題的問句〉等詩歌的高度同等。

＊陳智德：筆名陳滅，一九六九年香港出生，台灣東海大學中文系畢業，香港嶺南大學哲學碩士及博士，現任香港教育學院文學及文化學系助理教授，著有《解體我城：香港文學1950-2005》、《地文誌——追憶香港地方與文學》、《抗世詩話》以及詩集《市場，去死吧》、《低保真》等。

[12] 徐訏〈新個性主義文藝與大眾文藝〉，收錄於《現代中國文學過眼錄》，台北：時報文化，一九九一。

目次

傳統

結局

結局

一

朋友的關係是奇怪的，在我許多好友之中，很少人知道我還有一個老朋友叫做司馬柄美，他在我生命裡占著很重要的地位。我們認識很久，但並不是同學，我一個中學的同學後來是他大學裡的同學，他們倆也並不怎麼要好，但我們倒做了朋友，這不是很奇怪嗎？而且我們學的也不是一個學科，他學的是國學，兼修英國文學，我呢，那時候一心一意想做哲學家，而哲學是科學的科學，似乎應當同所有的科學都要有點接觸，所以什麼課都選，什麼書都看。對於司馬柄美這樣的狹窄的興趣，覺得不過是中材之資，見過一兩次面，並沒有想同他做朋友。好像有一次見面時，我們好幾個青年在一起，還談起什麼問題，我仗著看書博雜，年少氣盛，愛發議論，大概還驕傲地刺傷了他。

他們的學校在郊外，我的學校在城內，平常連路上碰到的機會都很少，所以此後我們沒有再會見過。

那時候我發表慾很旺，揮筆成文，洋洋數千言，東發表，西發表，師友對我很誇讚，社會對我也開始矚目，我變得很狂妄自大。大概後來在一篇關於藝術欣賞的文章裡，我引了拉斯金一段什麼，忽然接到了一封信，那竟是司馬柄美寫的。他第一點指出我對於拉斯金沒有了解透徹，第二點指出我的自以為很有創見的議論，實際上早就有人說過，他舉了好幾本書，我發現我竟一本都沒有讀過。

我開始感到十分慚愧，我費了兩星期功夫，讀他所指出的書，於是寫了一封信給他，對他致殷勤的謝意，這是我們訂交的開始。

這以後，我就再不敢亂寫文章，倒是時常同他通信起來。他來信也問我哲學方面的書，我呢？好像為同他比賽一樣，凡是他讀過的書，我都想讀；我突然發現他的一切都可以企及，而對於中國的詩文集，西洋的小說則無法同他相比，一切名著他幾乎沒有不曾讀過的，而我對於這方竟是一點不知道。最奇怪是他的記憶力過人，他讀過的小說，不但人名而且故事的細節都記得清清楚楚。我開始自感不如。我在一個暑假裡，決定什麼都不幹，專心致志讀文藝作品。

於是奇怪的事情就發生了，我讀了許多文藝作品，而對於人物的姓名竟一點記不清楚，對於故事的情節則總是這一本與那一本相混淆，看起來不是把地域弄錯，就是把次序顛倒。但是，我由此愛上了文藝。

他呢，他在暑假中回到了故鄉。他的家鄉裡好像有一個前輩，是研究理學的，那邊中國書籍也容易找，所以他不知不覺就開始研究理學，後來又轉移佛學，而牽涉到西洋的哲學上來。

總之，那個暑假以後，我們倆讀書的興趣竟換了一個區域；雖然我們並沒有轉學或轉系，但畢業以後，我竟完全放棄所學，東奔西走，學習著寫創作起來；而他在中學裡教國文，淡泊安詳，空下來學梵文，專心研究佛經。我們的世界越離越遠，但是友誼則反而越來越切。

使我們永遠保持著我們這樣的友誼的，還有兩個原因，一個是他對於我的創作的注意，還有一個是我對於他愛人的注意。

我記得我自從不再寫議論的思想的文章以後，我開始寫了些散文與詩，但是一直沒有發表。後來因為窮，想到賣稿子，就開始向報紙雜誌投稿。可是我為怕司馬柄美知道，我就用了一個筆名，這樣瞞了他許久。有一次，隨便同他談起報上的文章，他忽然對我一篇小說，說及這個新進作家有希望的話，我才告訴他那是我寫的。他不知怎麼，竟高興得不得了，極力鼓勵我以後專心致志寫創作，不要再幹別的。在他畢業以後，對於文藝作品不常注意，但對於我的東西，他一直在讀，一直給我非常嚴肅的批評，一直在注意。

那麼我怎麼會注意到他的愛人呢？說起來也很奇怪，在他們還沒有結婚的時候，那年我大學剛畢業，他則還有一年。他忽然告訴我她的愛人考進了我的母校，要同我介紹，請我吃飯。

他的愛人姓卓，叫做卓啟文，我馬上想到司馬相如與卓文君。所以這個名字使我很容易記。因此在見面的時候，我就對她特別注意。卓啟文那年剛剛從她的故鄉湖南長沙出來，是一個非常樸素的女孩子，長長的個子，靈活的五官，正是最美麗的年齡，有奇怪動人的魔力。我心裡想，司馬柄美雖然很挺秀，學問好，但似乎不是卓啟文所能夠欣賞的。以卓啟文的美觀，在都市裡一讀大學，追求她的人一定很多，那時候，司馬柄美還能把握得住她的感情嗎？

後來我知道卓啟文在湖南一個中學裡讀書，被一個軍人的兒子注意，派人到他家做媒。那時候還是軍閥時代，而卓啟文的父親又是政府機關的職員，所以就答應了男家，不意卓啟文竟一個人跑掉了。因此，司馬柄美除了自己以外，還要供給卓啟文，而司馬柄美自己還沒有做事。恰巧我畢業後，在教育部找到事，又賣稿子，一個人住在親戚家裡，不用付房錢飯錢，經濟情形轉好，司馬柄美就向我借拿。他自己在城外，常常在信上得我允諾後，由卓啟文來拿，於是很自然的卓啟文也做了我的朋友。

我對卓啟文，在那個時期中似乎比司馬柄美還要接近，我也偶爾女生宿舍去看她。她很活潑，但有時候也有點感傷。我去看看她，她就比較高興，星期日，我帶她一同去接司馬柄美，我們常常過很快樂的日子。但是，寒假以後，她就變了，她開始很活躍，演話劇、開會、演講，她是文藝研究會的幹事，克魯泡特金學會的會員。她由反封建婚姻的行動發生了改造社會的熱情，她在克魯泡特金學會裡認識了一個男孩子叫做范學成。真巧，那個男孩子正也是湖南那個軍人的孩子，是那個看上了卓啟文的那個孩子的哥哥。不知怎麼，大概卓啟文的父親因為讓卓啟文走了，他的官位也丟了；范學成知道這件事情，寫了很激烈的信去罵他弟弟，並對他父親作正義的爭取，這使卓啟文的父親又復了原職。而因此他們父女的感情也恢復了，她父親也願意供給卓啟文在外求學。這樣卓啟文就不必再依賴司馬柄美，司馬柄美也可以不必問我借錢了。

這自然使卓啟文對范學成很感激。我從卓啟文那裡也認識了范學成，倒是一個剛毅的青年。那時候他們克魯泡特金學會要出一本雜誌，卓啟文同范學成來問我要稿子，我告訴她們我對於這類文章現在久久不寫。

「你以為鑽到象牙之塔裡是對的嗎？」

「你看，」我說：「雖然我對於社會主義的思想並不反對，但許多社會主義者竟互相衝突爭鬥……；我對這些覺得都有道理，而又都沒有道理，我說得出別人早已說過。大學都畢業了，再東抄西襲寫那一套，做什麼？」

「你難道沒有讀過克魯泡特金的《告青年書》？」她說：「你好像已經老朽了。」

「我的不寫這類文章，倒是得司馬柄美的忠告。」

「他？」卓啟文忽然說：「他完全是一個小資產階級。」

對這句話我並不詫異。我說：

「那麼等你們出版以後，我讀了再看可以寫什麼文章。」

……

克魯泡特金學會的雜誌終於出版了，內容第一篇就是范學成的〈克魯泡特金研究〉。我讀了一遍，發覺他連克魯泡特金的全集也沒有讀完。我正想為他們雜誌寫點什麼的時候，卓啟文告訴我第二期不出了，因為第一期印得很多，賣不出去，賠了不少錢。

「那麼怎樣辦？」我說。

「全是范學成墊的。」她非常不安地說：「他真熱心。」

我當時沒有說什麼，後來我大概告訴了司思柄美。我不知道司馬柄美同她說過什麼沒有，總之，司馬柄美不是笨人。卓啟文同范學成的友情日增，他比我還清楚。

二

許多實事都不能是小說的材料；這因為小說要求許多內在的因素；這個故事也是一樣，寫出來很難像小說。我後來因為到南方一趟，司馬柄美同卓啟文的消息就此斷了。等我回來，司馬柄美已經畢業，是暑假。真巧，正趕到他們結婚。我送了禮，吃了喜酒。來賓大半是我認識的，但我竟沒有看到范學成。我用很平淡而自然的技巧，在來賓中探聽他。他們告訴我范學成因為革命的關係被當局注意，他父親把他送到歐洲去了。我自然無法打聽范學成後來同卓啟文的關係到了什麼樣的程度。

司馬柄美於暑假後在一個待遇不壞的中學裡教書，卓啟文則還在讀書。他們租了一個小小的四合院，生活得非常值得羨慕。做這樣家庭的朋友，當然是我獨身漢一種慰藉。我常常去玩，有時候下雨刮風，也耽擱在那裡。他們叫我搬去同住，但我覺得在親戚家住住很好，同他們住在一起，也許反而沒有這樣有趣，所以我沒有搬去。不過這個時期，我們是非常接近的。

就在那時候，有一次我從母校方面，聽到有人談起卓啟文在婚前與范學成的情感生活。別人以為像我同司馬柄美與卓啟文的友誼，應當知道得很詳細的，但是我竟一點不知道，這點我覺得好像我應當慚愧的。其實，我與司馬柄美確是什麼都談，可從未談到這件事情；同卓啟文呢，不知怎麼，因為在一起的時候常是三個人，而我也從未想到要弄清楚那件事情。可是自從我聽到別人談起了以後，我就存心等待一個同卓啟文單獨在一起時候，去問問她。但好幾次，卓啟文似乎總不願意同我傾談，她是一個很愛談論與發揮的人，但對這件事情，她似很怕提到。我也就不敢太使她難堪了。

有一天，我到她家去。那是初秋，陽光很好，司馬柄美不在，卓啟文在太陽下理雜誌。地上放著許多蒙著灰塵的雜誌，但是她則坐在一把藤椅上在很專心地在看一本什麼，我馬上發現這是她們以前克魯泡特會學會出版的那本雜誌，我輕輕的走過去，看到她正在讀范學成的那篇〈克魯泡特金的研究〉。我咳嗽一聲，她吃了一驚，馬上蓋上雜誌，很不自然地說：

「啊，你什麼時候進來的？那些舊雜誌，我想理一理賣掉它。」

「雜誌、信件最麻煩，」我說：「藏之囉嗦，棄之可惜。」

「放在那裡，也是千載難逢的去翻閱。」她比較自然地說。

「其實還是人的感情，」我說：「感情豐富的人，每一件小事都放在記憶裡不願放棄，一張照相，一張畫片都捨不得拋掉，實際上都是自尋煩惱。」

我的話使她覺得有一點挑釁，她很不自然的一笑，又去拿另外一本雜誌，我就坐在旁邊的石階上說：

「啟文，好像你始終在把我當作你丈夫的朋友。為什麼你不能把我當作自己的朋友一樣談談呢？」

「我們本來是好朋友，難道不是？」

「那麼我可以問你一點事情嗎？」

「什麼？」

「那天我聽別人講起范學成，他們也說到你……」

「他被當局注意，他父親把他送到歐洲去了。」

「這我自然聽說過，」我說：「但是人家說你們很好。」

「我們思想一致，所以自然比較談得來。」

「這是說你同司馬柄美思想不一致，因而談不來了。」

她沒有說什麼，還是理著雜誌，但突然抬起頭來，看我一眼說：

「你覺得愛情同思想是不是有關係？」

「當然有關係的，我想。」我說：「但是司馬柄美同你倒不是思想有什麼不同，而是氣味上的不同，我想愛情也許就是一種氣味。」

「你的話也許是對的，因為我始終覺得我愛的是司馬柄美，對於范學成只是一種友情，司馬柄美了解我這一點。」

「但是范學成是愛你的。」

「也許，因為只有我了解他的苦痛。」她忽然抬起頭來望我，像發議論似的說：「人人都以為他是軍閥的兒子，家裡有父親搜刮來的錢，一定很舒服，實則他內心很苦痛。」

「但是還是因為軍閥的兒子，可以出國，因此也可以革命。」我幽默地說。

「你這是什麼話？」

「啊，我只是說，如果是我，我就會同你在長沙時候一樣……」我說著看到司馬柄美從外面進來，我就沒有說下去。

我想卓啟文對范學成只限於友誼是一種自慰；但究竟是范學成的思想，還是范學成的財富吸引著她，這很難解釋，也許就是這二者的矛盾；范學成的思想恰好掩去了他財富的自卑，而財富又裝飾了思想的尊敬。

實際上，卓啟文思想上的苦悶是存在的。她喜歡同人談論許多國際政治社會的大問題。我有時候故意逆著她的意思說話，常常引起她慷慨激昂的言論，而司馬柄美則從來不同她談這些，一次兩次，還因為我同卓文談論得太熱，他會拿一本冷門的書給我，他會說：

「啊，昨天我在舊書攤買的，我覺他在民族學方面，有他另外的一種見解。比你的說法……」這就打破了我們的談話。

我覺得司馬柄美是完全把卓啟文當作一個小孩子看的。他覺得她的一切都是幼稚的；她要變，正要變……而她是向著他的方向變的。他現在可以不去理她，聽她自然發展。他從不同卓啟文談論卓啟文認為自己有研究與有興趣的問題。

但是在有一個場合，他們則常常起意見的衝突的，那就是對於我的作品。每當司馬柄美對我的作品發表意見的時候，卓啟文一定有她不同的見解。他們倆對我的東西都抱著期望，而期望的路線正是不同的。碰到這樣的時候，我總是說：

「你們倆的意見並沒有衝突，不過是兩個角度來看一個問題。而真理正是湊集各種角度的看法而成的。」

司馬柄美馬上會對卓啟文幽默地說：

「實則我的心理是一種妒嫉，你似乎太珍貴他，期待他了。」

「你難道不是嗎？」卓啟文說。

於是我站起來要回家，而他們一定留我住在他們那裡；我常常望著他們親密如膠的拉著走進他們的臥室，羨慕他們夫妻的恩愛。

三

但是這樣時的日子並沒有多久，我後來就出國了。到了歐洲，起初我還同司馬柄美與卓啟文通信，後來就一點消息都沒有了。這因為一封信來回要很久，而信札竟很難表達我們想表達的情愫，在最後他們的來信上，我知道卓啟文已經有孕，他們也許要回到湖南去。以後我連他們有否去湖南都不知道，有時候想寫信都不能了。我們有了繁複的命運支配我們走不同的道路。雖是最好的朋友，我們也無法不分散別離，也許會永遠不再見面的。這因為世界原是有奇怪的廣闊。

但是在廣闊的世界中仍有狹窄的路徑，在那裡我們看到了人事的深度。

我在英國待了半年，半年後我到法國去。有人介紹我去看一位在巴黎開中國古董店的主人汪先生。一談起來，那位老先生同我家裡也有點熟識，他就特別熱心的請我在他家裡吃飯。我碰到了他的太太同他的小姐，他告訴我他還有兩個兒子都在中國。老先生同他太太完全是中國人，而他小姐的面目身材雖也是中國人，而談話與動則完全是法國腔調，人長得很挺秀，苗條的身軀，端正的臉蛋，有一副活潑的笑容，眼睛嫌小，但頗靈活。我吃了飯就告辭了；老先生同他太太叫我常常去玩；小姐呢，她寫給我一個電話號碼，說有事可以打電話給她。

初到巴黎，我自然是陌生而寂寞的，有許多事情我也要請教人，所以我有時候也到他們那裡去，後來我也約汪小姐出來。幾次以後，我同她變得很熟。忽然有一天，她打電話約我吃茶，說還有幾個中國同學。

那天，我去得稍晚，座上已有三四個男女。奇怪，一個就是范學成，他沒有什麼改變，他也認識我，我們倆就招呼了坐在一起，談了起來。汪小姐當時竟表示非常驚訝。

見了范學成，不用說，我馬上想到卓啟文；我知道他們並沒有通訊，但我相信他見了我也會想到卓啟文的。我晚到歐洲，他似乎總會問問卓啟文的下落吧，但是他竟不；我為提醒他的想像，我提到克魯泡特金學會同他們刊物，但是他說：

「啊！這些都是年輕時候的行動，提起來像夢一樣。」

這句話很使我奇怪，我們到底還沒有老，而這些事情不過隔四五年，怎麼會有夢一般的感覺，於是我說：

「怎麼？你的思想變了？」

「思想沒有變，可是態度變了。」他說：「有一個時候我很苦悶，但是現在，我很平靜。」

我們的談話沒有繼續下去，但我們交換了地址。范學成似乎很願意同我交朋友似的，他同我約定一個日子，說要來看我。

在茶會中，我馬上發覺范學成很鍾情於汪小姐，但汪小姐可對他不十分看重。在朋友面前，小姐們總是愛把愛她的男人放在很窘的地位，來表示自己的優越。汪小姐也是一樣的手法。那天我還有事，所以在茶會未散時就先走了。我覺得人生有時也很有趣。許多自己想有系統的事情，常常沒有下文；而不是自己的事情，忘去很久的，倒忽而尋到了終結。

范學成於約定的時日果然來看我了。我們一同吃飯，我發現他性格的確變了。他以前似乎非常有鋒芒有熱力的，現在則老成沉著謙恭。我奇怪這幾年工夫對他竟有這許多改變，怪不得他會說那時候的事情會像夢一樣了。

我想他一定遭遇了什麼變故。不錯，他告訴我他父親死了，他父親許多太太為產業爭吵。

弟弟們分派樹系，胡作非為，不像樣子。他自己也病了一場，本來想回去，但回去也無非遭弟弟們忌刻，而家中也不希望他回去，所以匯了一筆很大的款子來。他現在在做生意，如果過得下去，他想終身留在國外了。

「那麼你的理想呢？」我問。

「什麼理想？」

「你對於社會主義革命的理想。」

「理想總是理想，在歐洲，知識階級都傾向社會主義，但是各種社會主義彼此傾軋爭鬥比對什麼都激烈。」他說：「我對政治不感興趣，政治都想使社會好，但結果常常不好。」

我對於他的改變並沒有發生什麼興趣，歇了一會，我突然問他：

「你還記得卓啟文麼？」

「卓啟文，我知道她結婚了，一定很好。」

「她很好，」我說：「你一度愛過她，後來你們怎麼了？」

「我沒有，」他肯定地說：「我們完全是朋友，是同志。當時她對於克魯泡特金學會很熱心。」

「她愛過你？」

「這真奇怪，我也不懂。她好幾次對我有這樣的表示，但我很乾脆告訴她我並不愛她，我還告訴她我是有愛人的人。」

他的話使我很驚奇，原來是卓啟文愛他，而他不愛卓啟文的，我說：

「你說你當時就有情人？」

「是的，」他說：「她那時在上海，是我們的親戚。」

「那麼她呢？」

「她嫁了一個律師的兒子。」

「你失戀了。」

他點點頭苦笑。

「如今你愛了那位汪小姐？」

他又點點頭苦笑著。許久，他忽然說；

「我很奇怪，女人們都喜歡愛工作上或思想上的同志，而我則常覺得還有別種可能。我告訴卓啟文我的愛人根本不懂克魯泡特金，她覺得這不會幸福的。我想我的愛人離開我，想也是感到嫁我是不幸福的吧。」他苦笑著。

「你現在覺得如果汪小姐同你結婚會幸福嗎？」

「我不想回國，同她結婚當然會幸福的。」他說。

「這是愛情嗎？」

「但是我的確愛著她。」

夜已經很寂寞，我們就走散了。我當時覺得范學成倒是一個很誠懇的人。

此後我有許久不同他們見面，但幾個月以後，忽然汪老先生打電話給我，約我去吃飯，說有話同我談。

我當時怎麼也想不出是什麼事，一直到我到了汪家。原來是汪老先生知道我范學成是同學，他要同我談談范學成。

范學成有什麼可以談呢？我想。但是汪老先生是有道理的。他說范學成同他的小姐很好，他願意他的女兒嫁給一個中國人；他說他覺得中國人總要回到中國去，長留在外國沒有意思，所以他打發兒子先回去上海；現在他希望他的女兒嫁給一個中國人，將來可以回中國成家立業，所以他要知道范學成的家庭同他的為人。

當時我盡我所知道的告訴了汪老先生，但是我知道汪老先生同汪小姐間是有距離的。在外國的華僑，像汪老先生這樣，他半途出國，掙扎奮鬥，有了一點基礎，到老沒有一個不想回中國的。可是像汪小姐一直生長在海外，對中國根本沒有印象，也沒有戀念，可能並沒有這種感覺。我很想同汪小姐談談，但是她那天不在，所以也就算了。

我在告辭回寓的途中，想想汪老先生與范學成的理想恰巧相反，范學成想娶汪小姐是想在外國長住，而汪老先生想把小姐嫁給范學成是希望他帶汪小姐回中國去。

那麼汪小姐呢？我當時雖頗想知道，但隔了幾天也就忘了。

而正在我已經把那件事忘了的時候，汪小姐忽然打給我一個電話，她說她要來看我。

她掛上電話，不到一個鐘頭就到我的地方，她開口就說：

「父親說同你碰見過，你告訴他一些什麼？」

「他問我一些范學成的情形，我當然把我知道的告訴了他。」我說。

「他以為我同范學成很好。」

「你並不愛他？」

「他對我很好。」她說。

「你父親總希望你嫁給一個中國人。」

「他的腦子很舊。」她說，忽然低下頭想了許久，她問我說：「你覺得嫁給一個外國人不好嗎？」

「我沒有這些成見，嫁給外國人有好有不好，嫁給中國人也有好有不好，是不？」我說：「但是如是要回國做中國人，當然嫁一個中國人比較好些。」

「為什麼爸爸說最後總還是回中國做中國人。我不懂，我不懂中文，我沒有去過中國，當然我很想去中國玩一趟，但說一定要長住中國，那似乎是不必要，是不？」

「你爸爸的環境同感覺當然同你不同的。」我說：「一旦結婚，要考慮這些也很難，誰知道一個人怎麼樣才幸福，但是我相信沒有愛情的婚姻總是不幸福的，當然，結婚的幸福不能光靠愛情。話說回來，到底你愛范學成不愛？」

「不瞞你說，我愛著一個法國人。」

「你另外有愛人，他是幹什麼的？」

「是一個商人，他現在在南方。」她說：「他學問沒有范學成好，也沒有范學成有錢……他的太太死了，有兩個孩子，什麼條件似乎都不如范學成，但是我竟在愛他。」

「你爸爸知道嗎？」

「他知道，所以他很希望我早點同范學成結婚。」

我當時不知再說什麼好，我覺得一到她說愛那個法國人，我就無法貢獻意見了。我只好說：

「老年人當然是很客觀的為你幸福著想。但是幸福這東西很難講；我以為幸福所在的，你常以為正是不幸福所在；我現在以為沒有錢不幸福，但有了錢又會感到幸福不在錢上。」

汪小姐當時沒有再說什麼，低著頭好像在尋思。她是一個很有個性的女孩子，現在既不讀書，又不做事，她的年齡正是要成家的時候，女子在這個年齡常常是很實際的。不用說，她也已經應酬過交際過，她要嫁人，這是實在的。

我請她吃飯，飯後送她回家，此後我又好久沒有她的消息。

忽然有一天，范學成來看我，他很高興的告訴我汪小姐已經答應他同他結婚了。

「恭喜，恭喜。」我說：「是什麼時候？」

「她回來就舉行婚禮。」他說：「我已經找好房子，我正在布置。布置好了先請你看看。」他算算日子又說：「後天好不好？你來看我，我帶你去看看我的房子。」

「她回來？」我說：「她上哪裡去了？」

「到南方，」他說：「你知道她以前是在南方讀書的。」

「她一個人去的？」

「同她一個以前的同學。那個同學的家在南方，請她去玩玩。她大概半個月回來。」

我心裡馬上想到那個在南方的法國商人，我開始為范學成不放心起來，但是我當然不敢說什麼。我答應後天去拜訪，看他新布置的房子。

四

范學成的新房是三間的公寓，布置得非常精緻，不知怎麼，我馬上想到了司馬柄美卓啟文的家。我想，難道我在這裡也要做他們的常客嗎？他領我去看客室臥室與廚房，他告訴我他原來住的地方還有一兩件家具要搬來，又告訴我他在那沙發後面，還想布置一個腳燈，他還想買一缸熱帶魚，放在書架的旁邊。最後他說他明後天就預備搬到新房來住。總之，范學成的確是非常高興熱誠，他把一切希望都寄托在新婚上。我當然該為他慶幸，但奇怪，我心裡竟有一種黑影在為他擔憂，我並沒有想到什麼不幸的結果，只是一種感覺，好像在熱悶的天氣感到天要下雨一樣。

但在我回家以後，自己時事情一忙，也就把他們的事情忘了。

可是不到兩星期，汪老先生打電話給我，要我去。

老先生坐在沙發上，面色非常黯淡，他一見我就說：

「你有沒有收到沙米愛的信？」不川說沙米愛就是汪小姐的名字。

「沒有。」

「這算怎麼回事？」他說：「她在南方已經同人結婚了。」

「結婚了？」

「這真是想不到！沙米愛會這樣……。」

「我想她自己也想不到的。」我說：「但已經結婚，你也不必為此不高興了。反正女兒大了總要嫁人。」

「我不喜歡她嫁一個外國商人。」

這個我是了解的，他不喜歡外國人，尤其不喜歡商人。吃一行，怨一行，他自己是商人，太了解商人。他要女兒嫁給一個有地位有學問的中國人。我當時就勸他說：

「婚姻完全是因緣，做家長的也很難保證一定怎麼樣於子女是幸福，是不？」

老先生沒有說什麼，他沉思許久，才慢慢地開口，他說：

「但是怎麼對得住范學成；他還租了新居。」

「這當然也是沒有辦法的事。碰到沒有辦法的事，我們只好說是命運了。」

「那麼怎麼同他講呢？」

「我想或者我帶他一同來……」

「這不必了。」他打斷我的話說：「我看見他也很難安慰他。我只好請你費心，你們朋友，比較好說話。你去看他一趟，把這個事情告訴他。」

我當然知道這是一件不討好的事情，但是我沒有法子推托的。我答應當夜就去看范學成。

我回家睡了一覺，吃了晚飯，買了兩瓶酒，兩條香煙，於十點鐘時候去找范學成。我知范學成已經搬進了新居，我按了鈴，他來開門，裡面燈光雪亮，我說：

「你還沒有睡？」

「我正在掛畫。」他說。不錯，他手裡正拿著一幅中國畫。

我們走進客廳，我看牆邊正放著一把掛畫的椅子，我放下我手上的紙包說：

「我幫你掛。」

他就站到椅子上面，我握著畫軸。那是一幅山水，是黃貞明畫的。黃貞明是一個留在巴黎學畫的朋友，我也認識的。他站在椅子上說：

「黃貞明知道我要結婚，他先送我這個。」

我馬上看到上面的題款，寫著：

「學成學兄婚喜補壁，黃貞明。」他掛好了畫，一面跳下來一面很高興地說：「你預備送我什麼？」

忽然，他看到我放在桌上的紙包，說：

「這是什麼？」

「兩瓶酒，兩條煙。」我坐倒在沙發上說。

「怎麼？你準備失戀嗎？」他說著遞給我一支煙也坐了下來。

「我準備同你談一晚。」我說著，一面拆開我帶來的酒瓶。他站起來去拿了開瓶器同兩只杯子過來。

我倒了兩杯酒，我問：

「你有沒有接到沙米愛的信呢？」

「她寄來過幾張風景卡，我想她也就要回來了。」

我舉起杯子說：

「真對不起，我要帶給你一個很不好的消息。」

范學成突然敏感地用眼睛注意著我，他說：

「是不是關於沙米愛的？」

我點點頭。他的面色一瞬間變成很悽白，好像面孔的輪廓也改了樣，他低聲而沉著的說：

「這不可能的！」忽然他站了起來：「你撒謊！她不是一個這樣容易失信的人。」

我沒有動，一直用我誠懇而肯定的眼光望著他，他終於遲緩地軟弱下來。於是我說：

「她已經結婚了，嫁給一個法國人。」

他痴呆地坐著，沒有動。

「她父親也很失望，尤其覺得對不起你，叫我來勸勸你。」

范學成還是不響，但突然他站起來說：

「我馬上就去。」

「上哪裡去。」

「我要到南部去看沙米愛。」

「找她有什麼用？」

「我至少也要責問她……。」

「這又不是什麼生意經，是愛情。」我說：「責問有什麼用？她說她已經不愛你了，你又怎樣？而且他們已經結婚。」

范學成突然又倒在椅子上，哭了起來。我再不能同他說什麼，我叫他喝酒，我知道一切我能夠勸他的話，他有什麼不懂？而他情感上的激盪，則是我所不能慰藉的。

我勸他喝酒，我自己可喝得很少。等他爛醉如泥，我把他安頓在床上，我自己也就在他的沙發上睡了。

我同范學成一起生活有好幾天。以後我看他自己已能夠有情緒去找刺激與慰藉，我勸他到別處去玩玩，他選定了義大利。我送他上車，他說是兩個月回來，但是，沒有人能夠想到，這一別我就再沒有機會見他了。

在我知道汪小姐結婚的消息以後，我曾寫了一封信向她道喜，她也回我一封信；范學成去義大利以後，我又寫一封信給她，她來信對范學成很致歉意，但告訴我她婚後生活很幸福。就在那時候，中國正式作全面抗戰，我急於回國，我寫了一封信給汪小組。她寫信給我，叫我無論如何在行前到她們那裡去玩幾天。

我接受了她的邀請。到了法國南部的一個小城，沙米愛同她丈夫到車站來接我。她們家則遠於離城五里路的鄉下，風景很好。她們有一所很精緻的房子，路易十五時代的建築。

沙米愛的丈夫叫做高第含，是個性情溫和，舉動緩慢的中年商人，學識有限，但愉快熱誠，精神奕奕，一看是一個很容易滿足的好丈夫。他的兩個孩子也非常可愛。後來我從沙米愛地方知道，這事情發生得非常奇怪。她告訴我她到南方去，實在是同一個女友去玩玩的，只是想會見高第含一次，告訴他她預備結婚就是。高第含聽了這個消息也並不吃驚與妒嫉，他向她道賀，請她吃飯。吃飯的時候他平淡地告訴她他的母親死了，他承繼一所古色古香的房子，約她星期日去玩玩。

高第含於星期日伴著沙米愛到鄉下，據沙米愛說，她一走進那房子，就覺得她是應當嫁給高第含的，特別是高第含的兩個孩子，他們是多麼喜歡她而又是討她歡喜。

最後她告訴我一切都不是預料所及，她的確沒有想到，誰也沒有想到她會突然的作這樣的決定。但是她知道她一直地愛著高第含的。

我在她們家裡住了三天。我想得到，有這樣房子的人是一定希望有朋友去玩玩的。她們夫婦送我到車站，我在車上向她揮別的時候，深深地感到沙米愛嫁給高第含是對的。

在我動身回國的前夕，我還寫一封信給在義大利的范學成，告訴他沙米愛很好，說她叫我向他致殷勤的歉意。

五

回到國內，我逗留在上海，同范學成也常通信，他來信總是寫得很長，抒寫他滿腔的熱情，報告我對於歐局及個人的感想，他似乎頗想回國。先則怪我不應當不等他回到巴黎就自己先走，否則也許他可以與我同行；再則又覺得他在歐洲也可以為中國做些國民外交一類事情；總之我在孤島的上海，這樣的信如果被敵人看見，一定會有麻煩，所以我回信總是很短，並暗示少寫空話。此後歐戰爆發，信就斷了。珍珠港事變以後，我到了內地，范學成的變化如何，連猜想都很難了。

一年後，我輾轉到桂林。孑然一身，困難萬分。真巧，我在防空的山洞中竟碰見了司馬柄美。老友相見，分外親熱，他除了人胖一點以外，一無改變。他告訴我他在郊外一個中學裡教書，還兼做一個書局的編輯，他又告訴我他已經是兩個小孩的父親。我當然急於問他的太太，他說他的家在鄉下。於是他問我的情形，我對老朋友當然毫不掩飾，我告訴他我行李毀在什麼地方，皮鞋丟在什麼地方，現在一無事事，夜裡睡在一個劇團的道具堆裡。我正寫信到處找事，但現在尚無回音。他馬上叫我到他家裡去住去。他問我怎麼好久沒有看到我的作品，叫我到他家裡去寫東西，他可以為我在書店裡預支一點版稅。

我們走出防空洞，就搭公共汽車到他的家裡去。他的家就在學校的裡面，一排房子，都是教職員的家。司馬柄美的家占了兩間，一間是寢室，一間是書房飯廳兼客廳。我一去就開始重新設計，我與司馬柄美住一間，兼作書房客廳之用；卓啟文同孩子們住一間，兼充飯廳。

不用說，卓啟文見了我很高興，並不因我潦倒而對我討厭。她已經老了許多，但精神上倒反而顯得安詳美麗；我們沒有談什麼，就忙於搬東西，布置房間，接著她就去預備飯菜。一直到吃飯的時候，在暗淡的油燈下，我們才有了平靜的胸懷談談別後的際遇，出我意外，卓啟文竟爽快而直接的問：

「你在歐洲，碰見了范學成沒有？」

「啊，范學成……」我看了看司馬柄美說：「我們常在一起。」

「他怎麼樣？結婚了沒有？」卓啟文又問。

我於是告訴他們范學成怎麼樣愛沙米愛，怎麼樣預備結婚，怎麼樣失戀。

「他還是克魯泡特金的信徒嗎？」司馬柄美忽然問。

「我想是的。」我說：「不過大概老信徒就不會把招牌常掛在嘴上的。」

「他不參加實際工作？」

「啊，他的實際工作是做點生意。」我說。

「正如她一樣，」司馬柄美忽然說：「她的實際工作是管家。」

卓啟文沒有說什麼，笑了笑，但是司馬柄美忽然又說：

「你知道她後來也寫小說嗎？」

「搶我飯碗！」我說：「先給我看看。」

「你來好極了，我拜你做老師。」啟文說著又笑了笑，她已經是一個婦人，老練而聰明，過去的粗糙而激烈的性情，似已磨去了有少。

司馬柄美這時忽然站起來拿了一本書給我；封面寫著「倦夢集。谷橋著」的字樣。

「谷橋是你？」我說：「怎麼用那一個筆名？」

「這是偶然的，我們鄉下有一個小橋叫做谷橋。」

我翻開一看，目錄上是五篇短篇小說。司馬柄美說：

「現在不要看。」

飯後，孩子們睡了，我們到校外去散步。在藍天繁星下，奇峰疊巒的桂林郊外，使我想到了當初在北平在他們家裡的生活，日子過去是多渺茫呀。

第二天，我開始讀谷橋的《倦夢集》。在五篇小說中竟有四篇都是范學成的影子。一篇是說一個大學物理教授的太太，因為在一個文藝研究會裡與一個文學系的學生談得投機，那個學生愛了她。她同他私奔，但到了車站，她想到丈夫與孩子，想到家，想到愛人的年齡，她折了回來。幸虧她丈夫並沒有發現她曾經私奔。不用說那個文學系學生的影子就是范學成。還有一篇是說一個半舊式的家庭的小姐，由介紹認識了一個軍人的兒子，訂婚而且快結婚了，忽然碰見未婚夫的哥哥，他因反對他的父親的貪汙與專橫，使那個小姐戀慕了他，……不用說，裡面也有范學成。總之，這四篇有范學成的小說都寫得平平，一篇較好的正是沒有范學成的。那是說日本軍隊占領一個小縣城，一個小軍官愛一上了個中國女孩子，這個女孩子當然討厭這個敵人的軍官，但因為這個小縣城正是通自由區的要道，經占領區內行的人很多，許多人被敵人留難扣押，這個女孩子就利用這個軍官叫他放行，因此同這個軍官稍稍有點接觸。這個軍官知道這女孩子因為他是敵人所以不同他好，他為表示他個人是不贊成日本侵略的人，他願意同那個女孩子逃跑。那個女孩子要他做一件證明他是反日本侵略的行為，他在某一個機會裡，刺死了一個他的上級軍官。這件事沒有人知道是他做的，連中國人都以為是游擊隊幹的。日本人更是疑心許多當地中國人，被迫害殺死拘押的有幾十個，而這條通路被檢查得非常嚴密起來。就在那時，那個女孩子愛上了這個日本小軍官，她答應他同逃跑，他們在等一個合適的機會，可是大家馬上知道她同敵人戀愛，輕視她，訕笑她，還疑心她通敵。有一個游擊隊隊長在通路被扣押了，大家都以為是她的告密。她為證明她是愛國的，她找了一個機會，竟把她所愛的日本軍官殺死了。……這篇小說大概有三萬字，結構很完整，筆墨也好，除心理的描寫欠深，所以顯得故作誇張一點以外，別無毛病。

我讀了她的小說以後，我在司馬柄美不在的時候，同卓啟文談她的作品，我說：

「怎麼？裡面都是范學成？」

「這是我唯一的戀愛經驗。」

「戀愛經驗？」我說：「你難道不愛司馬柄美？」

「我當然愛他的。」她說：「但是只有不落於結婚，才可以叫做戀愛。」

「笑話，笑話。」我說：「讀你的小說，我知道你是愛范學成的。」
「因為，我有那麼一個憧憬，所以我可以做好太太。」她說。
「這話怎麼講？」我說：「我很奇怪，司馬柄美讀了這些小說竟會不曉得嗎？」
「他當然曉得。」
「那我不懂了。」我說：「大概他研究佛學，所以什麼都可以不問不聞。」
「你不知道他愛的也不是我嗎？」
「什麼？」
「你不知道我從湖南到北平以後，他忽然愛了一個他的同學嗎？」
「哪有這事？」
「你不知道！」她說：「啊，都是過去的事，也不要提了。總之他所以可以說是好丈夫，還是因為他心裡一直不在愛我，所以我們有夫妻情緣。」
「我不懂，我不懂。」

六

卓啟文忙家事，司馬柄美出門，正是我寫小說的機會。我寫了一個中篇，故事是寫一對青年的情人從淪陷區出來，預備到自由區來讀書，但一到金華，金華撤防，交通工具困難，他們就流落在一個小縣裡，每天向縣政府領點錢過日子。（這些材料是我親眼看見，並參考當時報紙的記載來的。）日子一多，進退無法，而那個縣城又緊張起來。那時候有一輛貨車走過，願意帶那個女孩子到桂林。男的就叫女的先走，自己先預備徒行，再謀搭車，相約到桂林會面。但那個女孩子竟被司機所汙，到了湖南，司機同司機豪賭，把那女孩子作錢輸給另一個司機。她又做了他的姘婦，生活很舒服，但是她有時也想到她以前的愛人，她趁男人外出，就拿一點錢搭一輛別的車子到了桂林。時隔數月，自然無法知道他愛人的下落。她沒有辦法，投考一個書店去做校對，而應考的人竟有數百，裡面竟還有許多大學教授與有博士、碩士頭銜的人。她自知無望，可是還因她是青年女子，終被錄取。書店老闆是一個有錢的紙商，對她百般利誘威脅，她就做了他的外室。許多日子以後，她從書店老闆手裡看到一部稿子，正是她的愛人所作，所寫就是她們如何想到自由區讀書，來為抗戰努力，如何動身如何流落，如何為搭車分手……都是實錄。

這個故事我只想到這裡，下面我有許多想法，我想可能女的大哭一場，暗地裡叫老闆收買這部稿子，隱匿終身，不願她的愛人知道她的下落；也可能終日鬱鬱，茶飯不進，最後那書店老闆知道她的心事，他覺得對她已有點厭倦，樂得做個好人，把她撥還給那本書的作者。——但是，以後呢？以後可能男的對女的不能見諒，痛哭一場，不顧而去；女的呢？自殺？安心做書店老闆的太太？可能男的要對環境報復，他要殺害這書店老闆。——以後，可能女的勸男的，沒有弄出命案，也可能出了命案。還有，如果男的女的一見不能分，又不能合，覺得被環境侮辱得太厲害，羞愧憤恨，無法自外，雙雙投河，以了此生。當然小說還可浪漫化，說男的捨女的而走，他投軍抗敵，建了奇功；還可把桂林改為別的已淪陷的城市，說敵人攻打進來，書店老闆做了維持會會長，男的做地下工作，女的殺了書店老闆，同男的雙雙逃走，成為很幸福的夫婦。為了善有善報，惡有惡報，裡面也可插入兩個曾占有女的司機也死在日本人的手裡。——但是其他的司機呢？現實上哪一個司機都有相仿的故事。啊，抗戰第一，自然總要留一些開開汽車。……

總之，故事的結局千變萬化，條條是路，路路有可能。在我寫作的經驗，我是相信英國作家史蒂文生的話的。他說，作者創造了人物以後，他們的行動思想作者再無法控制，他們各自自動的發展，作者是無能為力的。所以一切創作我從不先想好結局而動筆的，對這個故事也是一樣，我用一天八千字的速率寫這本小說。我一早起來，除了吃中飯的時間，一直到傍晚。那時司馬柄美回來了，卓啟文也忙好了，吃上晚飯，我才停筆。當然我告訴他們我所寫的小說的故事，我懸了結局，也請他們給意見。

卓啟文說第一個司機最壞，必須有個惡的交代。我說：

「我還沒有寫到那裡，也許在公路的某一個場合上，他救了那個女的，女的感他救命之恩，愛上了他。而司機，是公路上的英雄，神通廣大，很容易使一個女子傾倒。」

「這笑話，你又侮辱女性。」

「但是許多大學生做了司機的太太，有好吃好穿，非常沾沾自喜，這些事實難道寫小說的人可以忽略嗎？」

「最可惡他把女的賭給另外一個司機，這算什麼話？」

「這當然是醜惡的，」我說：「但美人向來願意做英雄的賭注的。不過公路英雄的賭法，沒有政治英雄或商業英雄文明罷了。」

其實我的話有點故意同啟文彆扭，我同她有過去的辯論習慣，常常要逆著她的意思說話。但是司馬柄美忽然對我說：

「我知道你的作風變了，你的人物在你的筆下將都是庸俗醜惡而良善，英雄不會是英雄，愛情不會是愛情，我昨天讀你所寫的，覺得你把人性寫得太挖苦一點。」

「你讀了我所寫的？」我說。

以後我們沒有說什麼，那天晚上，啟文拿我的原稿去看。我於第二天一早繼續寫下面故事的發展。我恰巧寫到了女的搭上了車子，司機坐在她的旁邊，用三十裡的速度在寬曠原野裡馳騁。他一面講他的冒險的經歷，如何在什麼地方搶救物資，如何在什麼地方翻車，如何在什麼地方從敵人的炮火中逃生，於是又講到那裡地理出產，人情風俗，山水風景……。我繼續寫汽車拋錨，他們不得不露宿，司機把位子讓給她，自己到後面去，擠在許多人同貨物一起。於是又寫到一個城市中，豪華的飯菜使我們女主角感到吃飯的重要，她想到在小縣城裡的日子，每日是稀飯鹹菜，一個饅頭就是最大的幸運，啊！我竟不自覺的寫到了我的女主角忘了她的愛人……

啟文在我擱筆站起的當兒，她又拿了我原稿去看。一到晚上的飯桌上，她就告訴了司馬柄美，於是她對我說：

「你為什麼要把一個女孩子寫得這樣？」

「你以為應當怎樣寫呢？」

「她是一個大學生，有她的智慧個性，她出身也不壞，也看過什麼，吃過什麼，怎麼會這樣就忘了她的愛人，而喜歡了司機？你太侮辱女性。」

「我覺得這是人性。」我說：「以浮士德這樣的博學這樣的年齡還不能抗拒魔鬼的誘惑，我們怎麼能夠怪一個大學生？」

「但是這裡代表了兩個階級：一個是黑暗的，一個是光明的；一個是壓迫的，一個被壓迫的。你寫得黑白混淆，是非倒置。在這個地方，如果你使女主角憤怒反抗，使司機用強暴的手段或者別的方法，將女主角完全放在值得我們同情的地位，這不是可以使對立關係明朗化，而讀者可以尋到一條正確的信賴？」

「司機也許是一個新興的階級，但實際上只是一個公路的英雄，他發一點橫財，隨地討女人喜歡，我想這同你理論中的剝削階級是不同的。比方他是一個廠主，雇用一個個女工，女工離開了廠就要失業，那時候廠主對她利誘威脅也許會是你所說的情形，廠主的意識當然可說是代表剝削階級，女工代表被剝削階級，而現在我們的司機可能是工人出身，貧窮世家，而女主角的父母倒是資本家，自己是寄生階級……」

「但是現在司機有錢，有一輛汽車……」

「汽車可能是公家的。」我搶著說。

「這就是權力。」司馬柄美忽然說：「掌握了權力當然可以有對別人敲詐剝削的事情。」

「其實，」我說：「我自已不是有意識的，不知怎麼，這小說的趨勢使我們的女主角喜歡了——或者說不討厭了那個司機。」

「你還是把飯的力量放在愛情的魔力上面。」司馬柄美說。

「我總覺得，也許你心理上的刻畫是成功的，但主題非常模糊。」啟文說。

我們晚間的爭論現在又成了習慣，隨著我小說故事的開展，啟文總是每天黃昏搶讀我一天所寫的稿子，作為她飯桌上對我批評的題材。啟文的批評有時不見得沒有道理，但是改動是不容易的，這好像改動我們做過的事情一樣，一動就要重新投胎做人，我只能聽其自然發展。等故事發展到嫁給那個書店老闆的時候，啟文說：

「這個女主角的人格個性心理完全是成功的，但唯其你寫得成功，你使讀者相信了似乎人性中有天定的弱點，這完全成了一個悲觀的失敗主義的人生，這是可怕的而命定的無可挽救的黑暗。」

但是司馬柄美又有不同的感覺，他說：

「你為什麼在最美的理想的崇高的愛情的企望中，時時攙入可怕的吃飯的計較？而混沌於一種物質的肉體的虛榮的滿足之中，竟還有一種心靈的苦惱？比方那個女主角同第二個司機在一起那一段，她也愛了他，過著很舒服的生活，什麼都滿足了。他們去遊南嶽，住在中國旅行社招待社裡，突然早晨醒來，司機還睡著；她一個人聽著鳥鳴與看著陽光，她無法再睡，一個人出去散步，走進了一個廟裡去求一張籤，虔誠地探問她以前愛人的下落……這段寫得很好，但是……」

「我覺得這是不可能的。」卓啟文搶著忽然說：「她既然是如此唯物，而又是大學生，並且也愛上那個司機，想到以前愛人也許還有可能，但去廟裡問籤，幹這愚夫愚婦勾當，你說這一種突然的插曲是調和的嗎？」

「我相信人在一切物質上滿足的時候，特別有心靈的要求，迷信不過是一個最簡捷的安慰這種要求的方法。」我說。

「我倒覺得這段很好，」司馬柄美的意見是同啟文不同的，他說：「但是她有了這種感覺以後，應當對司機討厭或者什麼，而一到司機找她，她馬上忘去她美麗的感覺與心靈的苦惱，還撒謊說那張籤是問別的事情。這個轉動太快！這就是說一個movement未充分發展，你就馬上把它切斷，使人覺得情緒上常常變動，無法獲得藝術欣賞上的觀照。我只是舉一個例子，實際上你在裡面這樣的變動很多。」

我對司馬柄美的話是折服的。我覺得我寫那篇東西情緒上很匆促，許多地方不夠發展。比方在那裡很可以使女主角不高興一些，使後來司機去後，她的出奔有更好的根據，我是不是應當改變呢？——我在想。

「但這也許也是你的成功之處，使讀者時進跨入你的境界之中。」司馬柄美又說。

但是事實上我並沒有改刪添增，我只是繼續寫下去。

結局，我寫到女主角從書店老闆那裡看到了那愛人的稿子，我特別加強她在物質生活寬裕安定之中，有心靈苦惱的準備。而讀到她愛人對她過去的敘述，對自己的跋涉企待，以及在飢餓凍寒之中，還無時不對她的關念，她流淚了。她不顧一切，她依著稿端的地址，她去找作者。她不敢告訴她的流落，她只是抱著他哭，最後她覺得只有說明一切方才可以得到心靈的安寧。她說了出來，求他原諒，但是她愛人無法對她諒解。他愛她，他恨她，兩個人在羞愧、憤恨、悔惱之中，無法自拔，他們終於相抱投江。

「弱者！弱者！」啟文讀了大罵，她說：「這是你所有設想的結局中最壞的一個結局，但是你竟用了它。你一定要改，要改，它破壞你整個的氣魄。你讓無法無天的司機，趁火打劫的書商都舒舒服服活著，而那一對抱著理想到後方來抗戰的純潔的青年這樣的結局，這是一種可怕的黑暗，於抗戰青年將有什麼樣的壞影響，你想想看？」

「但是這是現實，現實正是如此。」

「你應當使男主角原諒女主角，使他們了解社會黑暗的根源，作改革的努力。」

「這是活著的人的責任與理想了。」我說。

卓啟文的話當然是有理由的，第二天，我在後面又加了一封遺書，內容就是根據啟文的議論。司馬柄美真是敏感，他說：

「你加這封遺書，等於魯迅在〈藥〉的那篇小說後面加一個花圈一樣，奉命在黑暗的人生中點綴一點光明。」

但是這只能說是故事的結局，小說的結局並不是如此。

那麼小說的結局是怎麼樣呢？

七

通過司馬柄美，我已經問書店預支了一點版稅，添置了一些衣服用品。脫稿以後，這部小說就由司馬柄美交給了老闆。老闆要先讀一遍，讀一遍以後再付印，印出來以後答應再支借一點版稅。我期待著這筆錢。

但是不管司馬柄美常常去問，一個月過去了，老闆還沒有交出付排。最後他說，這部小說丟了，在逃警報的時候丟了。

我只有一份稿子，丟了就無法再有，所以我托司馬柄美一定叫老闆仔細找找，也許會塞在什麼地方。我還要求老闆在報上登一個尋找的廣告，怕也許是他跑警報時在防空洞中遺失，而被別人拾去。

但是事情出於意外。

「老實告訴你，這部稿子我已經燒了。」老闆對司馬柄美說。

「燒了，為什麼？」

「裡面有意毀謗我，對我侮辱。」

「對你？」

「那個書店老闆不是寫我是誰呀？」

司馬柄美忽然想到，好像聽說過書局裡有一個女職員做了老闆的姨太太，但是他並不知詳情，他當時只是據理力爭，他說：

「天下也許有相同的事情，怎麼會是寫你；就算是寫你，你不出版可以把稿子還給作者，你沒有理由把它燒掉；如果你以為他對你有意毀謗，他出版了你可以向法院起訴，也不能把它燒掉呀！」

「可是你們還預支了版稅。」

「如果你把稿子還作者，我自然叫作者還你的預支的錢。」

「但是我讀了，一氣就把它燒了，已經燒了有什麼辦法。」老闆說。

司馬柄美氣憤非凡的回來告訴我這事，卓啟文幾乎哭了。但既成事實，氣憤有什麼用，哭又有什麼用？我們商量結果，覺得只有一個辦法，要書店作為買稿計算，把全部稿費一次交我。

這個交涉當然是司馬柄美去辦的。數目上有很久的爭執，但他總算拿回來一張在我們窮光蛋尚可派用處的支票，而司馬柄美則失掉了他編輯的飯碗。

我那篇小說的結局原來是打破了我的好友的半只飯碗。你說我心裡是多麼難過？一家四口，本來是已經勉勉強強，如今將如何了局？

幸虧他還有一個教員的位子。我特別要愛啟文，她不但沒有怪我，反而勇敢地提議省去女傭，她擔任了洗衣、買菜、燒飯、管小孩……一切一切。

「社會！這社會！」她沒有怪我，她怪社會。

「啟文，」我說：「你是相信革命的，你能拋夫棄子去革命嗎？」

「唉！」她嘆了一口氣。

「我很願意給書店剝削，但是他們這個行為可不是剝削，而是因為他們的權力，因此我怕權力。」

「所以你不革命。」

「我敬愛革命，但是我相信進化。」我說。

如今我也再沒有力量寫東西了，我幫同卓啟文燒飯、洗衣、抱小孩，但是我燒焦了她的青菜，打破了她的碗碟，摔傷了她的小孩。我為她曬衣服，沒有掛好，被風吹掉，害她又洗一次。這種事情每天都碰到，最後我實在不能再待。幸虧那時候重慶有朋友為我找到了一個小事，我就立刻離開了桂林。我在稿費中拿一個旅費的數目，其餘我都交給啟文。我求她千萬不要客氣，我一個人，已經有事情，當然不會餓死的。

我到了重慶以後，一直想寄一點錢給卓啟文，但竟是前吃後空，無法抽撥，因此我就懶得寫信，或者說沒有面目寫信。此後我更是東奔西走，迄無安定。在桂林撤退的時候，我打了兩個電報去，沒有回音。我不知道他們是否離開柞林？

勝利後，我到了上海，雖然也偶然想到他們，但總因事情多，生活亂，並沒有確切的到處去打聽。

奇怪的是人生中許多機會，一個小小的機會可以改變一生的命運，可以移動一種人生的關係。那時候，有一個年輕的朋友要到法國去留學，問我可有認識的朋友，替他介紹介紹，那面可以有一個招呼。這是很偶然的事情，我也就偶然的想到我久已忘去的朋友——范學成。

他在大戰中到底怎麼樣？一直留在巴黎？回國？——沒有聽說。到英國美國？——不知道。他結婚了？從軍？……我當時寫了二封信，一封信就是給范學成的，我叫那位青年的朋友到巴黎中國領事館去探詢他的地址。我明知道這也許是希望很少的事，但好在不費什麼，他橫豎總要到中國領事館去的，隨便問一句也無所謂。

可是世上止有抱很大希望的消息無法打聽，而不抱什麼希望的事情倒會出現，沒有好久，范學成就來信了。他曾進了德國的集中營，看到他們的同志們被納粹虐待。現在他身體不好，仍舊住在老地方，——那個當初為結婚而租的公寓，一個人，不預備結婚，而對我所介紹的朋友，他很喜歡，他已經請他住在一起。同時，同一封信中也附著我所介紹的那個朋友的信，他說我介紹的兩個在大使館與領事館的朋友對他毫無熱情，而對范學成則甚為感激。

這以後，我同范學成就一直通信，我從他那裡也知道汪小姐的父親、母親都死了，兩個哥哥也回到巴黎。汪小姐也到過巴黎，她胖了，有了孩子，非常幸福。我這時候才念及我竟一直沒有想到汪小姐的兩個哥哥在中國，而一直沒有碰到也沒有認識。現在他們去了巴黎，也許此後永遠無緣在這人生路上相會了。他問起我關於卓啟文同司馬柄美的情形，我則只能夠告訴他在桂林那一段的生活，其他我也無從打聽了。

日子冬冬夏夏的過，我還是無緣安定生活。我跑東跑西，交了很多朋友，討不著一個太太；纏著許多事情，尋不到一個安定的職業；我只得繼續賣文，我到了香港。范學成一直有信給我，長長的，誠懇的，他說，我的友誼現在是他最大的慰籍。我懶於寫信，但對於范學成這樣熱誠的信札，我總是回的，難怕短短幾句。這也是他叫我這樣做的。所以，我們的通信的維持，那完全是范學成的功勞。除范學成的信以外，我很少有老朋友通信了。

最近我生活很困難，還要有一些必須的支出，我在沒有辦法之下，很想寫信給范學成借一點錢，我們在信中始終沒有講過錢，我不知道他經濟情形怎麼樣。

但是，奇怪的事情總在想不到的情形中出現。

前些天，《星晚》的編輯轉來一封信，誰也想不到這是誰寫給我的！不是范學成。不是外埠，而是香港，不是新朋友，而是老朋友。

是卓啟文！她在信裡寫：

「……知道你在香港，請於明日下午六時到香港酒店樓下一敘，一切面談。——卓啟文。」

你猜我當時是多麼興奮與快樂！老朋友了，這一別又隔了十來年，不知有了幾個孩子？想來在操作與奔波之中，美麗的卓啟文也該老了。那麼司馬柄美呢？難道不在香港？怎麼他倒不寫信，不知怎麼，忽然我想到了死，難道司馬柄美死了嗎？那麼卓啟文一個人在這裡了？……我明知道到明天什麼謎都會揭曉，但今天偏不能不想，為他們擔憂，害怕，不安……

我於第二天五點三刻到香港酒店，滿座是人。我遛了一圈，看不見卓啟文，我想她大概還沒有來。我正要找一個位子坐下的時候，突然看到一個很像卓啟文的面孔，但是我沒有去招呼。第一、她太年輕，我同她十來年不見，難道她會比以前年輕；第二、她太闊綽，打扮得非常華麗，戴著耳環，掛著別針，穿一件嫩黃淡綠的花旗袍，外披著黃棕條紋的上衣，都是上等的料子；我還看到她的手搽著蔻丹，戴著一只發著藍光的鑽戒；第三、她忽然在皮包中摸出一只煙匣，很自然的吸著紙煙；第四、那個為她點火的是一個很有富翁氣的紳士，胖胖的，蓄著鬍髭，一身上等西裝，臉上是新式的眼鏡。我一再對那個女子注視，越看越像是卓啟文，但我要去招呼的時候，我突然又覺得她完全不是卓啟文。

到了六點半，我看到那位紳士從錶袋裡摸出一只金錶看了看。又四面望望，低下頭不知同那女的說些什麼。我突然想到也許司馬柄美真的死了，卓啟文嫁了一個有錢的人，那麼我何不到她面前去晃晃，裝出找人的樣子，如果她是卓啟文，她也許會認出我的。於是我就站起來，慢慢的向著她們走過去，我注視著她的有趣的耳環。

果然，她站了起來，臉上浮出我熟悉的笑容，我說：

「啟文！」

她沒有發聲，拉了我的手，我看她笑容中竟垂下了眼淚。突然，我肩上受了一拳，我的手馬上被一個人搶去，我一看，是那個為啟文點火的紳士，但是握到他的手我是認識的。

「怎麼？」我望著他說。

「你也老了許多。」司馬柄美說。

「我幾乎不認識你了。」

「啟文，」我玩笑地說：「只有你，你反而年輕了。我可以吻你嗎？」

「你也一點沒有老。」啟文說：「怎麼還是這樣清瘦？」

我們大家坐下來，啟文又說：

「一直讀你在報上的文章，我們還以為你是從別處寄來的；前天在理髮館，看到小報，我才敢寫封信試試。」

「我的作品也變了，是不？」

「你的結局，」啟文笑了，她說：「還是沒有變，不是橫死，就是自殺，總是把人生寫得可憐可怕。」

「不瞞你說，我剛才竟以為柄美死了，你嫁了這個有錢的紳士。」

「你要我們也像你小說的結局嗎？」啟文說：「要是柄美死了，我這樣年紀還有誰要，除非嫁給你。」

「你的太太呢？」柄美忽然問。

「我？」我說：「太太不是人人可以有的。」
「你還沒有結婚？」啟文開玩笑說：「宿蕾已經漂亮的少女了，你知道，我的大女兒。」
「你要我做你女婿？」我說著大家都笑了。
「你收到我們的信一定很意外的。」司馬柄美忽然說。
「初一看很意外，」我說：「再一看就不意外，我想我也該碰到你了。」
「怎麼？」啟文說。
「每到我貧困無法，食住成問題的時候，我想我一定會碰見你們的。」我幽默地說。
「真的，你可以到我們家裡來住嗎？」
「怎麼？」我說：「我正沒有地方住。」
「不管怎麼樣，」啟文說：「現在先到我們家裡去。」
我們大家付了賬，一同走出來。我跟著他們，他們走到一輛汽車面前，一個穿制服的司機開了車門，我們上了車。
「怎麼？」我說：「你們往在什麼地方？」
「淺水灣。」啟文說。
車子很快的駛著，掠過了一個街道又一個街道。我說：
「人真是想不到，這幾年來你們在那裡？」
「這且讓我們到家裡再細談吧。」啟文說：「也不是一句兩句說得完的。」

「我們一直沒有通訊。」我說：「通訊似乎也是很偶然的機緣，我現在倒常有范學成的信。」

「范學成？他怎麼樣？」啟文說。啟文！啟文你可真是愛范學成的，我想。

「戰時他在德國集中營，弄得身體非常不好。」我說：「他還是一個人，不預備結婚。」

「這也是人生。」司馬柄美說。

「那麼結局怎麼樣呢？」啟文說。

「我所想的結局總是每個人都有死亡。」

「但是有的結局只在結婚，結婚以後就沒有做事了。」司馬柄美說。

「但是人生的社會的爭鬥，故事當終於希望與勝利。」啟文說。

車子到了淺水灣，在一所小洋房面前停了，那裡有美好清靜的環境。一個佣人來開門，我一看可吃驚了，裡面竟是一個十全十美的摩登家庭。宿蕾真是一個秀出的少女了，宿蓓也大了，宿卉是六歲，長得很結實。啟文就說：

「這個你沒有見過？他身體很好。宿蕾、宿蓓小的時候經濟不好，營養不足，所以身體沒有他好。」

「怎麼？這房子是……」

「我們買的。」

「買的？」我說：「你們發財了。」

「偶然中了一張馬票。」柄美笑著說。

「真的？」我驚奇了。

「不然，憑他還能賺什麼錢。」

「馬票？」我說：「你是說我應當用中馬票做我的小說的結局嗎？」

「這當然也是人生可能的一種結局。」

「美國電影的故事。」我說。

「十九世紀俄國小說裡的人物，不也是常常承受大宗遺產嗎？」

「中馬票，得遺產，紅男綠女的團圓，英雄美人的配合，都是有神話以來的故事，莎士比亞早就教導我們如何把結局寫得美滿。」

「但是莎士比亞是天才，他可以寫美滿，團圓，也可以寫死；我是凡人，反正人總是要死的，他要死，我也就聽他自由了。」

「你何妨用中馬票或得遺產做你小說的結局，我現在倒不覺得你小說的結局有什麼不對。」啟文忽然說：「我只覺得你的文章的氣質，會注定你命運的坎坷的。你的流浪貧窮不安孤獨，實在都由於你文章的結局的不吉祥。」

我不懂。當然我不懂的事情很多，我當然隨口的說：

「誰有你們這樣幸福，可以平平易易的中馬票。」

「那麼寫寫遺產的承受。」

「除非我去討一個有錢而短命的太太。」我笑著說。

一到說玩笑話，老朋友就覺得更加親熱，真正該說的人生中的際遇，別離後的變化，倒反有意無意地不敢談及。人們總是掛著創痛的心在對人生，一切的回憶都帶著淚痕與血跡。

但是每種玩笑竟可能成為讖語，人生有時真是無法捉摸的。

在我搬到司馬柄美的家裡兩星期以後，我接到了一封法國來的信，那是那位我介紹范學成的年輕朋友寫來的。在信裡他說：

「……范學成終於死了，這無法挽救的心臟病！」

「他似乎早就知道他離死亡不遠，他在三個月前就留下了遺囑。裡面，他說到他留存的現款（大概三四萬美金）他說是遺贈給你的。……」

范學成。范學成，我怎麼願意在這裡用死來做他結局呢？但是這竟是事實！

我哭了，卓啟文也哭。但是哭與傷心有什麼用呢？活的人還要活下去。

寫了這篇短短的東西，我想就算紀念我們的朋友范學成吧。

但是，卓啟文竟說：

「你總算寫了一篇以中馬票與得遺產為結局的小說了。」

但是這竟不像是小說。

《一九四〇級》

一

香港九龍間隔著一個海峽，往返必須輪渡，那裡很容易碰到許多你想不到的熟人，掀起你古舊的記憶。我碰到過過去還是抱在手裡的孩子，現在已經長成很漂亮的少女；我碰到過過去顯赫一時的官僚，現在變成零落憔悴的旅客；我碰到過過去愛擺架子的商人，現在謙恭地對誰都在打恭作揖；我碰到過過去紅極一時的小姐，現在流落為枯萎自卑的老嫗；我還碰到過過去貧困無依的朋友，如今變成了驕氣凌人的豪客；我還碰到過過去低首下心鑽謀名位的女伶，現在安詳地做富紳的外妾；我還碰到過過去豪語篤人的政客，現在緘默低嘆像一條剛從水裡捉上了的魚；我還碰到過過去我招呼他而不理我的人，現在很親切地對我稱兄道弟，問我借一點錢，說是為付飯錢或房金；當然，我還常見過過去平淡，現在也還是平淡的人……這一切，雖都曾使我驚訝，但見多了也就覺得這原是人生的變幻，而我所見的也許正是你所見的。

然而昨天我在渡輪上竟碰見了江上雲。

我正低著頭在看報，突然有人在我身邊叫我：

「你是不是×先生？」我抬頭一看，不認識，我只得「啊……」「唔……」地用客氣的聲音同他招呼了一下。心裡在想他到底是誰。他穿一套很講究的西裝，頭髮很整潔，上唇蓄著很漂亮的鬍髭，眼睛發著自尊與自信的光芒。他在我的旁邊坐下，於是露著驕傲而自信的笑容，說：

「你不認識我了，我是江上雲。」

「啊，江先生，你在這裡？」我心裡想：「他怎麼變了這許多？」

二

江上雲是一個我生平最不了解的人。抗戰開始的時候，我在重慶一個大學裡擔任小說研究與習作的課程時，在講堂上碰到一個衣裳不講究，頭髮很亂，鬍髭常常不刮，年紀看來比我還大的學生。下課以後，他到我的地方來，他告訴我他叫江上雲。這是一個我在哲學季刊裡常見到的名字，他在那裡發表的關於中國古代哲學研究的文章，很有成績，不用說，我在中國古代哲學上的修養是遠不如他的，我當時就致我對他的敬意。他告訴我他是哲學研究所的研究員，但是他覺得中國沒有研究哲學的環境，他要寫小說，他要在文藝裡表現他所獲得的哲理與所信仰的人生，所以來選我的課。他又告訴我他已經寫了好些小說，寫的時候很得意，但過後拿來看看，越看越不喜歡，所以他希望我替他看看，究竟毛病在什麼地方。他既是選了我課，這當然是我的職責，我當時就叫他拿來，答應他一定仔細拜讀。他於第二天就交我一包稿子，我費了幾天工夫，才把它讀完。我發覺他實在不是一個該寫小說的人。他的文字也許很好，但不是寫小說的文字；他的故事也許很好，但不是小說的故事；他的布局組織也是有條有理，但不是小說的結構，我感到這一切，但竟說不出 個理由。我對他還不熟，不願太掃他的興，我當時想也許關於小說技術與作法一類的書對他是有用的，我就指幾本給他去閱讀。我勸他，看了以後再寫別的。

兩星期以後，他把他的新作交我，說是他讀了我所介紹的書以後的作品。奇怪，還是不像小說。我發現他缺少一點我所不能說明白的基本條件。他所取的故事也有好的，但是他寫得不好。似乎不必描寫的地方，他寫得很多，而應當描寫的地方他又忽略；他布置得很好的場面，竟沒有氣氛；他設想得很好的人物，偏是毫無生氣；他的筆墨清楚有理，但沒有情感；他的素材，很合邏輯，但似乎他只能對它們了解，沒有對它們同情。

他在小說主題中寄托他的哲理，但讀者很難把握到他的主題；他在對白中安頓他的懷疑與信仰，但與說話的人物缺少個性的統一，無法喚起讀者的共鳴；他為完成他的主題，不惜創造古怪的人物；他的故事只是他發揮他的哲理的間架，架起架子，發表了他的哲理，就此結束，所以沒有一個故事發展得完美的。小說不能說脫離人生，因此小說可容納的哲理也應當有關於人生，但是他小說所發揮的有許多竟是非常古怪的哲學上問題，幾乎讀者很不容易知道他所要說的是什麼。

我誠懇地把我的印象同他談。我說與其這樣寫小說，不如寫論文，或者索興寫尼采，巴斯克所寫一類的思想錄。以文藝論文藝，以小說論小說，他的三四千字的小說都好像是長篇小說的說明書。我舉出我記得清楚的幾篇，同他討論到故事主題、人物對白一類的問題。

他似乎很接受我的意見，馬上把我說到的幾篇作品重新改寫，改寫後又拿給我看，我還是說它不能稱為完整的小說。如此一改二改，他似乎非常有耐心非常努力的做。過了很久，我覺得他實在是一個不宜於寫小說人。他太理智，太科學，他的才力一定是在別一方面，於是有一次，我估計我們的交情也夠得上讓我說實話了，我在一個還給他作品的場合對他說：

「假如你以為我夠得上稱為是你的朋友，我想老老實實說幾句話。」

「怎麼？」他笑了。他的笑容常含著沉思，他說：「你明知道我是喜歡說老實話的。」

「我很奇怪你會不喜歡研究你的哲學。」

「你以為我創作是無望嗎？」

「不是這個意思。」我說：「我只覺得每個人有他的一種傾向，逆著他自己的傾向的，常常費力大而成功少。」

「你是說我沒有文藝天才？」他直率地問我。

「天才只是一種傾向，生理的與心理的傾向。」我說：「你的天才也許是屬於哲學的，也許屬於科學的，那麼研究哲學或科學不是費事少而成功多嗎？」

他不響。

「寫創作的人常常是一種弄過了文字以後，而不適宜做任何事情的人。」

他還是不響。我又說：

「我們讀到許多毫無意義毫無價值的小說，淺薄的甚至無聊的小說，但總是小說，是不是？能在小說裡面表達深刻的哲理與崇高的理想，當然高於普通的小說，但成功還在要是小說，如不成為小說，則不必用小說的形式，是不是？這等於酒，任何藥酒，必須是酒，否則不妨叫做藥。」

他不響，也沒有什麼表情，但是我注視著他等他的反應，他於是不得不開口了，他說：

「我以為我的缺點都因為我表現的習慣是論理的，不是美學的。」

「那麼你應當是一個批評家。」我說：「我可以告訴你，沒有作家像你一樣的承認自己作品的缺點，他們都以為自己的作品是傑作。」

「這難道也……」

「這就是說你太會鑒別，」我說：「太會鑒別的人往往缺少創作力。」

「我覺得你只是一個天才論者。」他說著又笑了，他的笑容是驕傲的。

我當時就沒有再把這問題說下去。

自從那次以後，他雖然還來上我的課，但不再把他的作品給我看了。

半年終了以後，悠長的暑假我住在鄉下，自然沒有機會碰見江上雲。第二學期我沒有再去教書，天已經涼下來了，有一天，在路上忽然碰到了他，他很熱情的跑來叫我：

「×先生！」

「啊，江先生，好久不見。」他馬上同我拉拉手。

「我現在比較忙一點，我還在一個中學教書。」他說。

「你也在哲學研究所？」

「是的。」

「我想你一定很有收穫。」

「我沒有什麼興趣，」他露出似乎很自信的笑容說：「我在寫一個長篇小說。」

「真的？」我不相信他自己竟會滿意他所寫的，我順便說一句：「寫了很多了？」

「我只寫出一個綱要。」他說：「就預備開始寫。」

「預備寫多少字？」

「大概要寫五百萬字。」

「五百萬字？」我吃驚了。

「所以剛剛開頭。」

「是不是同法國江河小說一樣……」

「不，不，」他自信地笑著說：「完全是一個故事。」

「我希望你會完成。」

「這個主題……」他忽然說：「隔天我來拜訪你，我是想同你談談，我的材料是非常現實的……這是以……。」

「隔天我們細談。」我想馬路上總是談不完的，所以就打斷了他的話，我說：「星期早晨我總在家，你來吃中飯。」

我於是又同他拉拉手，就走開了。

三

星期日，他果然帶著一包稿子來了。我招待他坐下以後，他就很快的提到他的長篇小說。他告訴我他現在在一個女子中學校教書，一班裡有三十六個女生，她們要在一九四〇年畢業，那裡面有好看的，有難看的；有富家出身的小姐，有貧困家庭的女孩；有的聰明，有的愚笨；有的活潑，有的痴呆；有的驕傲，有的謙遜；有的脾氣大，有的性情好；有的健康，有的病弱……。他的小說就是以這三十六個女孩子為主角。從一九四〇年寫到一九六〇年，看每個人的變遷，各人有不同的命運與機遇，造成了各種的綜錯。有的一畢業就嫁人，有的進了大學，有的到別處流浪，有的愛好歌唱，有的做了明星，有的淪落為娼，有的成為要人的太太，有的終身嫁不出去，在學校裡教書到老……。

我聽著他講，但是我心裡對他的話竟不十分感到興趣。他好像也感覺到似的，忽然不說了，打開了他帶來的一包稿子，拿出一張圖表，翻過去又是一張圖表，幾張圖表以後，是他的詳盡綱要。這，使我吃驚了。

原來他的三十六個主角的籍貫、年齡、面貌、家庭情況、個性、際遇，一一都已規定。我再翻下去，發覺那綱要竟是一本計畫書，凡二十年所發生的事件與變遷，他也完全想好。厚厚一本稿子，小小的字，竟全部是那部小說寫作的計畫。

我對於他的工作開始發生了好奇的興趣，我隨便翻閱幾張，我看他像編年史似的計畫書，覺得非常可笑，我讀著他的原稿說：

「『一九四六年，李翠蘭的獨唱會在上海舉行，軍政各界的要人都送花籃，報紙上都有她的名字。她想到一生的努力始終默默無聞，而同××部長同居以後，方有今日，究竟她的成功是她的歌唱，還是她不正當的身分……』。你寫的是將來，但大部分小說是寫過去；寫將來的小說決不能這樣現實。你怎麼知道一九四六年的上海是怎麼樣？人口有多少，大樓有多少，也許早不是你現在所想像的都市了。」

「不，不。」我的話還沒有完，他已經接著說：「你知道我要用二十年的時間來寫這部書，所以現在說起來雖是將來，我寫到一九四六年的時候，已是過去了。」

「但是這大綱在那時就有許多都不能用了。」

「我寫的時候自然要隨時改的。」

「那為什麼不寫過去，比方你把一九四〇年，改到一九二〇年，那不是比較便當嗎？」我說。

「一九二〇年的情形，我太不熟悉，我對它沒有想像。我要寫我切身所觀察的所體驗的。我一開頭就寫那群女孩子在抗戰中的各種心理，隨著家庭的際遇有不同的想法，有的父親是發財的，有的是官僚，有的窮教員：有的家庭被戰火毀了，一個人被親戚扶養的……。」

「那麼你預備每年寫每年的故事。」

「我想是的。」他說：「二十年以後，如果我可以完成這部著作，那也不錯了。」

我對於他這種忠於工作的熱誠非常感動，我說：

「這當然是一個了不得的計畫，這二十年我想正是抗戰從艱難到勝利，國家從疲憊到復興，世界從貧窮到繁榮的時代，你的作品恰好代表了這個時代；你的這部著作完成的時候，怕中國也已是一個第一流的工業國家；如果我們可以碰到，我一定要慶祝你的成功。」

「你以為抗戰勝利後，中國會馬上變成富庶太平的樂土嗎？」

「我希望如此。」

「至少還要經過很多的變化。」他露出非常自信與驕傲的笑容說：「我們這輩子以及我小說裡人物的那輩子都不會有幸福的日子。」

「那麼你的大綱裡的人物都是在痛苦悲傷的局面下展開著了？」

「自然，」他說：「她們有些是苟延殘喘的活著，有些抱著一個理想在奮鬥，有些被人利用，有些被人出賣，有些發了財而不幸福，有些看破一切，有些執迷名利，有些自殺，有些被殺……總之，在這二十年的時期中，她們那輩子在摸索探求中過著黑暗的日子。」

「同我們一輩子一樣？」

「比我們這一輩還貧窮渺茫悲慘。」

「這是你的主題？」

「也許是的。」他說：「但是我主要是寫這些人在這個時代中的心理，根據她們的環境與傳統，以及遺傳，從少女到中年。我特別寫每個人都是向上的良善的人物，但結果竟都在黑暗中做自己不想做的事。」

「我想這一定是一部了不得的作品！」我說：「你的主角三十六個人，其他的人物一定還要多。」

「主角三十六人，重要的人物一百九十七個，不重要的兩百四十八個。」他不加思索說。

「我想這將是一部世界上空前的偉大的作品了。」我說。

「所以請你先看看我這部大綱，」他說：「希望你給我一點意見。」

「我很高興。」我說：「我希望我可以有意見貢獻給你。」

這時候，有人來看我，他就站起來說：

「謝謝你，那麼這本大綱留在這裡，我隔天來拿。」

我送他出門，在路上，他忽然說：

「這三十六個主角，我在大綱裡用的都是真名字。」

「什麼叫真名字？」

「都是我班上學生的名字。」他說：「這樣我不會混淆，不會攪錯，我對於這些人的個性面貌有一個直接的印象。」

「這很有趣。」我說：「將來你也不預備改嗎？」

「你以為呢？」

「我想寫的時候還是改去好，因為你出書的時候她們看了多不好。」

他點點頭，就同我拉拉手走了。

四

《一九四〇級》的大綱真是使我驚奇了。我抱著沒有十分信任心的態度翻閱了一遍，但不得不使我讀第二遍，第三遍。我發現他所用的功夫實在有點驚人，他把每一個的家世出身環境都寫得仔仔細細，再寫她們的個性，用這個個性與以後的際遇互相推移，使一切悲劇喜劇的形成都有根源。他布置好許多場合，對這些場合的反應，人物的行為都可以尋出根源。他在這裡運用了佛洛伊德的原理，行為主義以及完形學派的心理學根源，在許多場合上，他循著社會心理學的法則以及歷史的觀點……這真是一個了不得的計畫。

大綱裡有一切小說裡的場面，戰爭、革命、罷工、罷課、流血、殺人、放火、自殺、姦淫、流浪、打獵、投機、賭博、政治上的勾心鬥角，商業上的各種技倆，奢侈的生活，聖潔的戀愛，清風明月的歸隱，小橋流水的農莊，私訂終身後花園，月黑風高的夜劫。人物更是包羅萬象，小販、尼姑、大官、富豪、學生、農民、妓女、工人、志士、俠客……。地區縱橫整個的中國，蒙古、西藏、新疆、東北、河南、廣東……沒有一省不伸展到的。總之，一切一切都是應有盡有，與其說是一部小說的大綱，不如說是小說的百科全書。

我細讀三遍以後，我還是覺得他對於未來事情怎麼可以這樣肯定的在布局，他寫到抗戰勝利，寫到官僚貪汙，寫到人民不滿，寫到農民暴動，學生紊亂，寫到國際糾紛、衝突，甚至寫到許多細節……。如果這些都要隨時改動，那麼這大綱等於沒有用。而他的人物，所謂主角三十六人，每人都有她的發展，成了三十六條主線。這些主線雖也有點糾葛，但並無總結的歸宿，那麼大可以寫成三十六部小說，用不著合作一部來寫。至於他所策劃的龐大複雜的故事間，竟也缺乏一種聯系。這樣的寫法，一個故事繼續一個故事，不用說五百萬字，只要有時間，一兩千萬字也是寫得下去。這等於笑話裡所講的曹操兵馬八百萬過獨木小橋，一個又一個可以一輩子也過不完。我想如果用他的大綱，大可以約五六十個人集體來寫，那麼不到一年就可以完成了。但無論如何，這大綱的精密的設計與宏大的規模是可敬佩的。

三天以後，他來看我，我把我的意見同他說了，但是他的答覆是很奇怪的。他說對於未來國際與國內政治經濟的變遷，他的臆設是決不會錯的，他使那些人物通過那些年代，就是所有人物的歸宿。於是他說他將忠於寫實主義，所謂故事的聯系性與統一性是平庸的小說技巧。而實際人生就是這樣散漫。

他的話自然有他的道理，但是我總覺得他這種哲學的頭腦似乎始終踏不進藝術的境界。不過，要這方面使他同我有相同的感覺實在很難，而也許小說也的確可以有這樣一派，我不想多說。但關於對於未來事情的預測，我覺得即使他所料大致不錯，時間變化綜錯當然不會全對。而這點他竟也不願接受。他說這些他當然預備隨寫隨改，他要用一生的時間與精力，專寫這一部小說。

此後我就談到他大綱可敬佩的地方，誇讚他所用的工夫與學理根據的精密，他說：

「為這部小說，我還研究了地理，研究各地的風俗人情，我還研究了心理學、社會學、民俗學；我還研究了命相學。」

「命相學？」我奇怪了。

「是的，」他說：「我根據命相學研究我三十六個學生的個性與命運，出身與際遇。」

「這難道也有哲學上的根據嗎？」

「當然，」他自然地笑著說：「命相學原是前人從個別的實際情形歸納起來的原理，我們從這些原理，去發現個別際遇與命運。」

「發現個性或者可能，」我說：「但發現命運我總不能相信。比方說一個人現在被汽車撞了，這是多麼偶然的事情，怎麼可以在命相裡看到。」

「但是我覺個性與環境結合就是命運。」他說：「比方一個人被汽車撞了，他的個性一定是注意力不集中，平常就恍恍惚惚的，再加上那天也許同情人吵架，也許喝醉酒，也許受了什麼刺激；也很可能他下意識裡一直想自殺。總之，我從命相學裡的確得到許多啟示。」

「這很有趣味。」我說：「人生有時很神祕。你的三十六個學生，都有不同的命運。將來如果將你所寫命運，同她們實在發展的比較比較，一定更有趣。如果她們都是我的朋友，一直同我通著信或者保住什麼聯系，使我知道她們每一個人的前途，再同你想出來的小說比較比較，我想這會是非常神祕的，但我相信這一定同你的小說裡的設想是不同的。你雖說你的小說採取寫實的態度，而實際完全是浪漫主義的故事。這倒是我自己常常說的，偉大的小說一定是具有浪漫主義的氣魄與寫實主義的手法，你的作品我想會實現我的理想。我覺得你的時代與環境必須根據歷史的事實，但人物則不必拘於她們自然的發展。如果像你現在這樣，連名字都會影響你的想像，那麼你一定會被她們的生活所拘泥。而我相信她們大部分的演變，是嫁一個男人。無論是貧是富，過著家庭生活，養幾個小孩，跳跳舞，打打牌，度一輩子吧了。」

「但是我並不是要把這三十六個人寫成個個是英雄，我不過是覺得她們在時代中一定有掙扎，奮鬥，熬受。一定有成敗，得失，升降。」

「但這些大都是心理的，決不是在行為上穿過你小說的一切場合在表現。」

……

我們談話並沒有什麼結果，他忽然問我願不願意會見他小說裡三十六個的主角，他可以請我去演講，為我介紹這三十六個人，使我有一個印象，那麼他可以根據命相學告訴我每個人的命運。

我謝絕了他的好意，我告訴他們如果我見了這三十六個人，我能夠經常知道她們日後的演變，這也許是有趣的，但這也是一件偉大的工作，而且是不可能的。要是只見一次，那也許反妨礙我對於他小說意見。

在這一次談話中，我發覺了他對於時代的演變，完全是作為故事的場合；而對於人的演變，又拘於現實的對象，而這些對象竟是他的學生。我覺得他的小說如果寫出來一定是一個很怪的作品。

五

那次以後，我跑到了成都，我好久不再知道江上雲巨著進行的情形，一直到天氣又冷下來，西風掃著落葉的時候，我接受一個書局的聘約，編一本文藝刊物，我又想到了江上雲，我寫信給他，請他寫點短稿。我的信很短，但結尾處我詢及了他的巨著的進行。

一星期後，我接到他的回信，沒有寄我稿子。他在信裡先感謝我想到他，接著告訴我他現在什麼短稿都不為，專心致志在寫那部巨大的小說，於是他用很大的篇幅同我談他的小說。

他第一先說，在他工作進行之中，他已經發現我對於年代的意見的可貴。他的故事現已提早十年，於是書名也改為《一九三〇級》了。第二、他說到人物，主角三十六人現已改為二十八人，配角則由四百四十五人減到二百九人；於是他說到其中五個社會主義者，本定寫成終身是同志的，現在計畫在一九四〇年的時候分為五派，代表五種社會主義不同的觀點……。他還說了許多其他計畫中碎瑣的改動，我也無法一一記起。

我對這封信沒有什麼感想，我覺得一個長篇小說的構思，計畫上的變動是常有的事，所以也沒有再同他通信。以後我為那個文藝雜誌的編輯與出版的事情忙，所以對江上雲的消息也完全不知道了。

許久許久，大概是十幾個月以後，有一個朋友請吃飯，他是成都某大學的教授。座中竟碰到了我有重慶教書時的同事張學韜，同一個聽過我課的學生余既楠。余既楠是剛從重慶來的，異地遇舊友，我們三個人不免扯到學校與同學的情形。於是我們也談到江上雲，我說：

「江上雲怎麼樣，你同他熟嗎？」

「我同他很熟。」張學韜說。

「你知道他在寫一個巨大的長篇小說嗎？」

「我知道，」他笑著說：「他一見我就同我討論。啊，他見誰就談到他的小說。」

「他一定寫得很多了？」

「他寫了很多，但不知怎麼，忽然又撕了重寫。」

「啊，這個我知道。他本來是從一九四〇年寫起的，現在提前十年，從一九三〇年寫起；本來主角是三十六人，現在改為二十八人，配角也從四百多人，減到二百個，所以我想他寫好的都沒有用了。」我說：「他對工作真是認真。」

「你的話是很久很久以前的事，」張學韜笑著說：「他的主角早從二十八人改到二十人，又改十四人了，配角也減到九十七人。」但這時余既楠忽然說：

「我動身前幾天碰見他，他也同我談到他的小說，聽他說主角只有五個人，配角是四十個人。」

「那麼又減少了。」張學韜說。

「我想這樣也許容易成功。」我說。

「聽他說這篇小說寫成功要五百萬字。」余既楠說。

「還是五百萬字？」我說。

「他以前也說寫五百萬字。」張學韜說。

「我想他也許就因此不得不將人物減少，否則如果以人物為比例，那麼他原先的計畫怕要寫成幾千萬字，一輩子也寫不成功了。」我說。

「難道他原先寫的又毀去了？」張學韜忽然問余既楠。

「這倒不知道他。」余既楠說。

飯桌上還有許多別人，我們就沒有再談下去。局散回家的路上，我心裡很想寫一封信給江上雲，問問他的小說到底怎麼樣了。但回到家裡，並沒有立刻就做，一切不是立刻就做的事情，常常會永遠不做的，第二天事情一忙，這個行動就淡了下去，一直淡到再也不想到了。

此後我又離開成都，東奔西走，後來又到了國外。動石不積苔，一個人對事業固然如此，對朋友亦是一樣。一切過去的朋友不但不再見面，連消息總也都杳然。

六

這一隔竟是十來年，真想不到會在香港九龍的輪渡上碰見他。而他竟打扮得像一個紳士。

「你到這裡多久了？」他忽然問我。

「還不到半年。」我說：「你呢？」

「三年了。」他說。

「日子過得真快。」我說：「一轉眼十來年了。」

這時候我忽然想到今年是一九五〇年，想到這正是他的《一九三〇級》的小說脫稿的日子，我就很直率的問他：

「你的那部小說呢？脫稿了嗎？」

「小說？」他雖然蓄著鬍髭，而那驕傲而自信的笑容仍使我想到他過去的神情。

「你的《一九三〇級》。」

「啊，後來我又改為《一九四〇級》。」

「那麼人物呢？聽說主角減成五個。」

「啊，」他還是露著驕傲而自信的笑容說：「我後來減成了一個。」

「一個？」我說：「從你三十六個一班學生的主角中減成一個。」

「一個。」

「也是五百萬字？」

「我寫了幾十萬字，沒有寫下去。」

「怎麼？我想那一定是非常精煉的作品了。」

「但是我毀掉了。」他說。

「為什麼？」

「因為我的命相研究進步了。」他說：「我發覺我對那主角的命運有更正確的推斷。」

「那麼你的主角是……」我說：「我說那只剩一個的，你小說裡的主角。」

「不瞞你說，」他仍是在唇上掛著驕傲而自信的笑容說：「因為她已經是我的太太。啊，我替你介紹。」他說著拍在前座的一個穿著藏青絲絨披肩的肩膀。

於是，那個肩膀上的漫髮的頭顱回了過來，原來是一個豐滿的，化妝得面白唇紅的臉龐，露出一排稍稍長了一點的前齒。江上雲說：

「這位是×先生，我的內人。啊，你也許記得的，我內人的名字叫李翠蘭。」

「李翠蘭……」我似乎聽見過，但有點想不起來。忽然我想到了他小說的大綱：「啊，李翠蘭；對不起，江太太，你是不是喜歡唱歌的？」

「是，是，你的記憶力真好。」江上雲搶著代說：「她唱女高音，非常成功，下星期香港酒店二樓有她一個音樂會，你來好不好？」他忽然對他太太說：「票子！」

「啊，不客氣，不客氣。」我說：「我也許不見得有空。」

「你一定來，一定來，我們談談，談談。啊，你一定還沒有聽過她唱。」

他的太太低頭打開了手皮包，拿出一紮套著橡皮筋的票子，回過她豐胖的面龐，這次可失去了笑容，似乎很嚴肅地問她丈夫：

「幾張？」

「一張夠了，我只有一個人。」我笑著說。

江太太於是抽出一張鮮紅色的票子給江上雲，我這時候看見江太太的手指甲比票子還紅。

江上雲接過了票子看了看，他一面交給我一面說：

「她現在改了這個名字？」

我接過票了一看，上面寫著：

……Vocal Recital……Madame Chatherin L. Kiang……

我正要看其他的字時，江上雲忽然遞給我一張名片，他說：

「你大概不知道我也改了名字。」

我接過一看上面印著三號仿宋：「江底秋雲命相」。我不覺吃了一驚，我說：

「江底秋雲原來是你？」

他露出驕傲而自信的微笑，點點頭。忽然指著名片上的小字說；

「那是我的地址。」

船突然一震，我看到乘客們都預備走出去，江太太先站起來，轉過身等我們。我把他們給我的票子名片納入袋裡，我說：

「謝謝你的票子。」一面也站了起來。江上雲沒有理我，他眼睛望著他的太太，江太太忽然又露出她稍稍太長的前齒對我笑著我：

「對不起，×先生，要你破鈔，這票子價錢是二十元港幣。」

劫賊

如果有人問我在香港常去的地方，我毫不假思索的要告訴他是柳家。那是為什麼？因為柳家有很好的飯菜？因為柳家有漂亮的小姐？因為柳家有談得來的朋友，有布置得很精雅的房間？還是別的？

都不盡然。要總括地來說，倒是因為柳家有和睦愉快的空氣。

我同柳家認識並不久，先認識柳雪明，於是認識她的父親柳鏡然同她母親柳李雙娜；於是又認識她兩個弟弟，柳莊明同柳亭明，還從照相裡認識她哥哥柳家明。我還認識她家的女佣阿菜。我馬上成了她們全家的朋友，大大小小都叫我名字，連阿菜也是。除了直接稱呼我以外，都叫我名字。

柳鏡然比我人十幾歲，但性情比我還年輕，身體也好。他同年輕人都合得來，孩子們在新年裡開跳舞會，他竟也可以一同跳舞到二點鐘。他性情淡泊，而常識豐富，記憶力很好。他對什麼都有見解，但不固執成見。對於歷史，他特別熟，談起歷史上的事件，他原原本本，連年月都不會弄錯。柳李雙娜則喜歡讀小說，聽音樂。大少爺柳家明在南美，居然生意做得很好。

柳雪明是一個非常聰明美麗的小姐，特別會打扮；打扮好了喜愛同許多朋友去玩。她有不少的男朋友，但絕不談戀愛，如果男朋友中有一個要向她求愛，她就不同他往還。她鋼琴奏得很好，但不願開音樂會；她也寫詩，但不愛發表。柳莊明剛剛進香港大學醫科，才十九歲，體格又高又大，他會足球、網球，游泳尤是專長。柳亭明十八歲，在高中三年級，愛讀偵探小說，樣樣想同莊明比賽，也是又高又大，他雖然也玩足球、網球，但最喜歡的是壘球，整天拿著壘球棒。女佣阿菜，是一個矮矮的結實的圓臉的女性，說起話來很快，她同柳亭明、莊明笑鬧像朋友一樣。

我竟同他們誰都合得來。寒假裡，莊明、亭明放假了，但家裡待不住。但也不是去花錢看電影跳舞，只是穿進穿出，一會兒跑到街頭，一會兒騎著自行車到朋友家遛一圈，一會兒弄弄無線電。我有時同他們在一起，自己也覺得年輕許多似的。柳雪明可不同弟弟攪在一起，她時常擺姐姐的架子去說他們，他們常常要逗她生氣。她生氣了，他們就一溜煙的出去了。柳鏡然上午到寫字間去，是一家進出口行罷，我不很清楚也從來不求去弄清楚。下午有時去寫字間，有時有應酬，但回家總是很早。柳李雙娜除了同雪明一同出去買買東西外，自己一個人很少出門。除非是星期日，柳鏡然帶著全家到什麼地方去玩去。

說到他們的房子，雖不算大，但也很寬敞，只是在三層樓，樓梯很暗很窄，香港的房子似乎都犯這個毛病。但是他們還租了一間汽車間，在不遠的一家米鋪的後面，這因為柳鏡然有一輛早就落伍的汽車。而柳莊明、亭明有兩輛自行車；莊明與亭明都喜歡機械，什麼東西敲敲釘釘，拆拆弄弄也都在車間裡。

這就是我常去的柳家。走熟了，不論誰在家，我都可以同他湊在一起，沒有人在家，我也可待下。有時候我很早就去，有時候我很晚才出來。如果他們都在家，我一去總是聽見他們在笑在玩，每個人臉上都是健康的愉快的，從來沒有看到誰不開心或是發脾氣。如果他們都出去了，我等著他們，他們回來時一定有愉快的歡迎，不是好笑的消息，就是有好吃的小玩意。他們從沒有緊張憂愁的空氣，從沒有批評人家長短的口吻，從不談政治，從不賭錢，從不會聽見他們有厲聲的呵叱或暴躁的怨語。

這些都是使我愛去的原因。

但是，今年舊曆年底以前，有一個上午我到柳家去，忽然聽見了裡面有平常不常聽見的聲音。

「……不要緊，我去叫警察去。」好像是莊明在說。

「不許動！」亭明的呵叱。

我敲門。

「她來了，她來了。」亭明的聲音。

開門的就是亭明。我看他手裡仍舊拿著壘球棒，我說：

「你們怎麼啦？」

「我們捉到一個賊。」亭明說。

走進門，轉彎就是客室。我馬上看到沙發上坐著一個穿著西裝的人，伸著長長的腿。莊明像貓伺老鼠似的站在他的面前。

「你們怎麼不叫警察？」我說。

「怕他跑了。」亭明說：「我們想等阿菜來了，叫阿菜去叫去。」

這時候我注意到那個畏縮地坐在沙發上的人。他大概有四十多歲，頭髮很亂，但搽過頭油，面目瘦削，眉骨凸出著，鬍髭修得很乾淨，身材是細長的；穿的是敝舊的藍灰色的西裝，灰色襯衫，領扣敞著，垂著一條褪色的紫紅領帶，都很乾淨。我還看到他的襪子是深灰無花紋的，穿一雙並不十分破舊的皮鞋，黑色的。他似乎沒有坐好，兩手支著沙發，腳伸得很遠，衣服皺縮著。他始終垂著頭，眼睛望著地上。但忽然他咳嗽一聲，用低微的聲音用國語說：

「先生，我求你們不要叫警察。你們要怎麼罰我就怎麼罰我。我沒有做賊，這是我第一次，請你們千萬不要叫警察……因為……」

就在這時候，忽然有人在裡面叫我：

「××，是你嗎？來，來。××，××！」

那是柳李雙娜的聲音，我問莊明：

「她們在家？」我正要到裡面的時候，突然，我們沙發上的罪犯，抬起他一直低著的頭。我看到他羞慚而敏銳的光芒，他的臉有似笑非笑的歪曲，用驚異顫抖而又抱著希望的聲音說：

「你是××，你是……。你，啊，我是史抱偉，史——抱—偉。」

「史抱偉，史—抱—偉？」我注視著他的面孔。

但是柳李雙娜又叫我了：

「××，你先來一來嘛。」

我走進裡面，雪明的房門開著，我就看到柳李雙娜，她坐在雪明的床邊；雪明則躺在床上高高地枕起頭部，頭蓋骨上蓋著手巾，我走到床邊說：

「怎麼問事？病了？」

「你怎麼不先叫警察去，把他帶走算了。」柳李雙娜用怕人聽見的聲音，很急的說。

「怪可憐的。」我說：「等我問問他再說。到底是怎麼回事？」

柳李雙娜似乎很急的要告訴我，但是雪明先說了：

「我剛才出去，就看見樓上一個人，像是從四層樓下來的，手裡捧著一只酒瓶，我也沒有十分注意他，但正在我要拉上門的時候，他突然向我撲來，我嚇得大叫一聲，接著我頭上就受到一擊，就再也不知道了……。」

「我正在洗臉，」柳李雙娜接下去說：「聽到雪明一叫，我以為她從樓梯摔下去了，趕快趕出去，看見她倒在地下。莊明同亭明已經把那個劫賊捉住，他搶了她的皮包同手錶。我於是把雪明抱起，拖進來；莊明亭明也把賊捉進來了。」

我忽然竟說不出什麼，我拿開雪明蓋在頭上的手巾看她的創傷，沒有破，有點腫，我摸摸她的傷處說：

「怎麼？痛麼？」

「痛倒還好，」她忽然笑了：「只是我嚇壞了，到現在還怕，你來得正好。」

「我來太晚一點，」我笑著說：「不然這一下也許打的是我。」

「賊呢？」柳李雙娜忽然又說：「我想還是快把他交給警察算了。阿菜買菜還沒有回來？」

「你不要著急，」我說：「怪可憐的，他是第一次做賊，而且說起來還是我的朋友。」

「你的朋友？」柳李雙娜驚奇地問；雪明也用驚奇的眼光看我，她說：

「這時候還開玩笑？」

「奇怪，」我說：「他好像真是我中學裡的同學。」

「你照顧雪明吧，把那事件交給我。」我說著又走到客室，這時候我發現我們的罪犯已經坐起，似乎在同莊明說什麼，我突然有點驚覺，我說：

「你們搜過他身邊沒有？」

我馬上過去搜他的口袋，我叫他站起，他毫無抵抗。我從右袋裡摸出一塊洗得潔白的手帕，左袋裡一盒只剩兩支的駱駝牌香煙，一盒洋火；褲裡只有一張一圓的票子，六只毫子；衣服的內袋一幅太陽眼鏡。此外什麼也沒有了。於是我讓他坐下，我說：

「你真是史抱偉？怎麼……」我忽然覺得他決不會是史抱偉，史抱偉何至於到這個地步。

「沒有辦法。」他說。

「怎麼回事。」我說：「你說你第一次……」

「真是第一次。」他說：「我……我……」

他沒有說下去，我也不響。史抱偉的確是我中學裡的同學，但隔了二十年，我一直沒有碰見過。我想在他的臉上，身材上，舉動上尋點特徵來證明他確是史抱偉，但竟不十分可能。我注視著他，慢慢覺得他是史抱偉了，突然又覺得一點不像。在這可怕的社會中流浪，我的心竟有許多奇怪的猜疑。我不響，但是他又說了：

「我求你替我保一保，我以後一定不起這種不該有的念頭。」

「如果你是第一次，那麼你一定因為很需要錢，我們放了你，你沒有錢還是不行，是不是？」

「我應當想到別種法子。」

「你知道想別種法子，今天你也不會幹這個了。」我說。

「我一時轉錯了念頭，」他說：「現在我知道，……如果說出去，別人知道了，我只好，只好自殺。」

我不響，我心裡覺得他以自殺來駭我了。半晌，他忽然說：

「不瞞你說，我家裡有孩子，妻又要生產，我想不出辦法。前天偶然看到這裡的小姐，我忽然想到這個念頭，我跟了兩次……」忽然他不說了，看我一眼，忽然嘆一口氣又說：「你保我一保好不好？我們到外面談談去。」

「可以，」我說：「如果你可以讓我到你家去。」

「我的家很髒很小。」

「那有什麼關係，如果我們是老朋友的話。」我說。

我沒有得他的同意就站起來，我覺得如果他說的不是謊話，他沒有理由不願意我去的；如果他說的都是謊話，那麼他也沒有理由願意我去的。

他很勉強地站了起來，背曲著，頭低著，似乎更顯得瘦削；我覺得他不會是史抱偉。當時我請莊明、亭明同去，我又到裡面關照柳李雙娜與雪明，我告訴她們我們出去一趟就回來。

我們四個人到了樓下，我叫了的士，我叫莊明、亭明監視這個劫賊，坐在他的左右，我坐在司機的旁邊。史抱偉告訴了司機的地址。

汽車在馬路上開動，我從上面的小鏡看到後面的史抱偉。

我開始想史抱偉，他難道真是史抱偉？

史抱偉是我中學裡的同學，還是同班，當然很熟，但不十分要好。他太活躍，太好勝。他是學生會的會長，他是我們籃球隊的中鋒。他會交朋友，討教員喜歡，有很好的口才，大家都喜歡他。我對他不能十分相好，實在因為他是我的勁敵，他什麼都比我強一點，但相差實在不多。每次考試他與我爭第一，他總是占先，但我只比他少一分兩分的分數。排班的時候，他又在我前面，實則他比我只高半吋。無論什麼開會選舉，他總是比我多一二票。他不會寫東西，但會演講，他有很好的辯才，活潑，風趣。他的年齡也比我大一歲，實際上只長六個月，但他到到處老大哥自居。可是畢業的時候，我終於考得第一，他則淪為第二了。當時我自以我勝利了，後來才知道勝利的還是他。

我們同學中有一個叫陶聖奇的，他家裡很自由，我們常常去玩。陶聖奇有三個妹妹，第二個陶韻奇，非常美麗可愛，圓圓的臉，大大的眼睛，薄薄的嘴唇，短短的牙齒，淡泊有致，總是露出愉快的笑容。她在一個女學校讀書，比我們低兩班，不知怎麼，我們大家都很喜歡她。而我對於別人倒沒有什麼，對於史抱偉總有點奇怪的感覺。因為陶聖奇同我比較要好，所以無形之中韻奇也同我好些。平常我去陶家的時候，史抱偉不見得去；史抱偉去的時候，則我總是在的。

中學畢業考試的時候，我有決心要考一個第一。不，實際不是想考第一，只想考過史抱偉。所以我非常用功，有好幾個星期沒有到陶家去。畢業考試完畢以後，我預備考大學，又是很忙，雖也去過陶家幾次，也沒有多待。我於考完大學以後才去陶家。那時候我投考的是北方的幾個大學，這是我父母的期望，也是我個人的志願。到考完以後，我才發現無論考取哪一個大學，都要同陶韻奇別離的，一時之間，不知怎麼我對她特別留戀起來。我三天兩頭到陶家去，我們還是同以前一樣的快活。但陶家本是我們許多同學常去的地方，那時候大家考完大學等揭曉，沒有事情，所以在陶家玩的同學很多。史抱偉當然也常在裡面。我考北方的大學是大家知道的事，而且也相信我大半都會考取，不過好像我們都熱鬧於當時的會聚遊玩，並沒有體念到別離的惆悵。而我竟是對於陶韻奇覺得有無法表示的離情別緒。我發現我愛她已經很久，但從未對她有過什麼表示。不知怎麼，我覺得我在那時候非要對她表示不可；可是她對我還是同以前一樣，天真自然的談話嬉戲。她似乎一點沒有想到別離的前景，沒有什麼依戀的感覺。我時時想找機會同她單獨談幾句話，但總沒有這個機會。好像別人都知道我的用意，故意要同我混在一起；又好像她知道我的用意，故意避開同我單獨在一起似的，我始終無法表示我的情緒。這樣一直到我已經知道考取以後而決定進哪一個學校時，有一天夜裡，我請陶聖奇、韻奇同他們的小妹妹去看電影。

電影院裡我坐在韻奇的右邊，小妹妹在韻奇的左邊，再外邊就是聖奇。同韻奇看電影也不止一次，但是這次竟時時使我感覺到她的存在，我不時去看她，不時心跳。不時想同她說話，我竟毫沒有注意銀幕上是演些什麼。

我記得那天天氣很好，滿天星斗，雖還是很熱，但夜裡馬路上很有點清風。電影散後，我主張散散步去吃點冷飲，我們在馬路上走著，看著觀眾們的車列散去，馬路頓現非常清寂；聖奇同小妹妹走在前面，我同韻奇走在後面，於是我說：

「韻奇，我怕不到一個月就要走了。」

「多有趣。」她說：「北京一定很好玩。」

「但是北京沒有你。」

「北京你有新朋友，慢慢你就會把我們忘記了。」

「一禮拜一封，已經寫了三個月，」她忽然說：「啊，只是寫得好玩，從來沒有說什麼。」

「那時候我們不常在一起嗎？」

「許多話見面反而難說，反而不想說……」

「於是，」我打斷她的話，我說：「他突然在信上對你說他愛你了。」

「沒有，沒有。」她說：「你知道我數學很不好，我信上同他說起，我很怕大考不及格，他說他替我補習。我說他自己要畢業考試，怎麼會有工夫；但是他真的來了，每天一個鐘頭，有時候在他的家裡，他的母親也很喜歡我，忽然有一天，他突然吻了我，我哭了，他跪在我的面前，……我愛了他。……」

我不響，我已經無話可說，恰巧聖奇在前面叫我們：

「怎麼？你們怎麼走那麼慢？」

我們再沒有提起這件事。我記得當時我只是想哭，在飲冰室裡我很少說話，感到非常淒涼。回到家裡已經不早，但是我還不想睡，這是我第一次嘗到失眠的滋味。我從此沒有再到陶家去，我於離申北上的時候，寫了一封信給聖奇，到北京以後我沒有再給他們信，此後就什麼消息都沒有了。幾年後我再回上海也沒有想到去看他們，中學時代的朋友們就這樣疏遠，以後大概生活圈子不同，我又東奔西走，社會一次兩次的在戰爭中變動，這些往事也無從追尋了。

但是，在我孤獨的生活中，車上船上，客地的旅舍中，在我失眠的當兒，偶然回憶到我中學時代的自己，我沒有一次不是想到這段生命的命運。我相信史抱偉是愛韻奇的。我奇怪為什麼那時候我一定想考第一？我相信我下意識中覺得我不考過史抱偉是沒有資格去做韻奇的情人。在這一方面講，我想考第一是為獻給韻奇，但史抱偉如果存心要同我競爭，第一一定還是屬於他的，而他為什麼要放棄第一呢？不用說是為愛韻奇。

在中學生，名次的上下，也許就是事業的成敗。愛情是不是鼓勵你求上進成功，作對於你所愛的奉獻呢？還是應當犧牲你的事業與成就而為愛呢？不願離開母親的孩子同為母親出外奮鬥的孩子，究竟是誰為更愛母親呢？是不是這是個性的不同，還是愛情有所上下？我無法肯定史抱偉之愛陶韻奇有甚於我之愛她，或者我之愛陶韻奇有甚於史抱偉的愛她。

那時候我們是天真的純潔的，五四以後的愛情概念是神聖的。我的失戀影響我生命很多，當然不是這裡所能說的。而現在，這個劫賊自稱為史抱偉，難道真會是史抱偉嗎？會不會是史抱偉的遠親舊僕，或者只是認識史抱偉，知道他是我的同學，所以這樣偽稱，以謀逃罪呢？

我從車前小鏡裡看後座的史抱偉，他這時已經梳好了剛才弄亂的頭髮，打整了那條褪色的紫紅領帶，拉整了他的藍灰色的舊西裝，我看到他人左肩上一塊黃漬。他的面目是清秀的，眼睛閃著不安定的光芒，額前的皺紋表示他已經有了相當的年紀。我回憶當年史抱偉的形容，他是一個強壯高大的個子。每次打籃球他總是伸展著兩臂與胸前的肌肉以自傲。他有一頭黑頭髮，很濃。紅紅的面頰，臉是長方形的，眼睛永遠有自信與自以為老大哥的光芒。這一切都已不能在我後面的座客身上尋到；勉強可以說有點像的是凸出的眉骨上的濃眉，但這不是偶然都可以有相同嗎？於是我想到史抱偉的年齡，他只比我大一歲，應當是三十八；但是後座的貴客則少說說也有四十二三歲，我越想越覺得他決不是史抱偉了。我相信他也許是史抱偉遠戚，也許甚至是不認識史抱偉的，我覺得應當戒備，我對於到他的家裡去的意念有點後悔，也有點害怕。我已經不知道我為什麼有這個衝動，當然我是要證明他說的是否是謊話。

但是如果是謊話將怎麼樣呢？我也再無證據來說他是劫賊。這當然還沒有什麼；但假如他的家是一個賊窩，他可以打我一頓，可以劫掠我的一切，……想到這裡，我急於將我的手錶、眼鏡、皮夾以及一切袋裡的所有，包在手帕裡，我預備下車時交給莊明。

車子在交通警指揮下停下了。我視線注視到窗外；前面正有行人在穿馬路，我看到一個三十七八歲的男子，側過臉來望我們的車子，不知怎麼，他使我感覺到他正非常像史抱偉。現在史抱偉一定是這個樣子：胖胖的，有神的，健康的，自信的，自尊的。那個行人看我們一眼就過去了，我再望到照在車前鏡內的後座客人，我更覺得他不是史抱偉，如果那個行人說他是史抱偉，那倒會馬上使我相信的。啊，也許他正是史抱偉，人生可能是這樣錯綜，使老同學碰見了不招呼，陌生人倒可以冒充老同學。

車子又開動了，我想著那個該是史抱偉的行人。啊，史抱偉當然不會像我這樣沒有結婚，沒有家，不會像我這樣沒有事業。他什麼都強於我，他身體比我好，有外才，他可以從政，也可以從商，他不會像我這樣多年來都在流浪，他一定有個美麗溫暖的家。那麼他的太太呢？會不會是陶韻奇？

也許，但很可能是不會的。中學生的初戀，除非馬上結婚，否則是決不可靠的；如果很早結婚，在這許多社會變化之中，也可能生離死別，也可能……總之，什麼都有意想不到的變遷，而他們的愛情原是小孩子的天真。太天真的愛情等於動物的愛情，而人類社會不可能使它不變。

但是陶韻奇是可愛的，圓圓的臉，大大的眼睛，薄薄的嘴唇，短短的牙齒，淡泊自然，聰明輕盈。她怎麼樣了？我忽然後悔我後來竟沒有同她通信，也沒有同聖奇通信，我還後悔我當年爭取第一名的虛妄。我毫無理由要重視這個第一，無論陶聖奇、韻奇，甚至他們的家裡都沒有以為韻奇的愛人必須是聖奇的同學，必須是我們同學，我們同班的第一名；只是我自己的心理，時時在覺得我不考過史抱偉就沒有資格對韻奇求愛，這是多麼奇怪的心理，而竟成了神祕的命運。

假如我當時沒有這個心理，當時早一步對韻奇表示，那麼也許韻奇會是我的；我早已有了家，我不會奔走流浪，我不會以後輕用自己的愛，我不會……

「那面，那面。」我們的客人忽然對司機說，我馬上中斷了我的思緒，車子慢了下來，停了。

是一家煙紙鋪的門前，旁邊是一個弄堂。我付了車錢，下車。後座的亭明也已開門出來。

「就在那裡面。」我們的客人說。

我先走進那弄堂，裡面就是洋灰的樓梯，光線很黯；上樓梯的時候，我還是走在前面，我們的客人走在第二，莊明、亭明走在後面。亭明真是孩子，他手裡還拿著壘球棒。

走到三層樓，我們的客人，啊，現在該說他是我們的主人了，他忽然停止了，說：

「就是上面。」於是他又轉身對我輕輕地說：「我家裡一點都不知道。回頭你只說我們在路上碰到，好不好？——我求你。」他說完了又看看莊明與亭明。

「當然，當然。」我對他說，於是我把我一包用手帕包好的東西交給莊明，我對莊明、亭明說：「你們就等在樓梯那裡，好不好？」

於是莊明、亭明就在樓梯上望著我們上去。我們的主人比我先四五階樓梯。

到了四層樓，在右面一個有一個方洞的木門的門前，他停步了，他又對我說：

「我們是老同學。」忽然眼睛望著地下，又說：「我們在路上偶然碰到的。」

「你放心，你放心。」我說：「這房子很好。」

門上並無電鈴，他敲門了。他說：

「我們把房間都分租出去了」

他又敲門。

一瞬間，奇怪，我竟相信他真會是史挹偉，而他的太太，啊，我突然心跳起來，難道竟是陶韻奇嗎？——我是不是應該先問他，或者是探他呢？或者是……

木門的方洞有人打開。我看到兩瓣薄薄的嘴唇，一個玲瓏的鼻子掠過，於是裡面掛出一個大大的眼睛同一段清秀的眉毛。我吃驚了，這一定是陶韻奇無疑。我竟想心理上有點準備，而木門已經開了。

我看到開門的是一個二十七、八歲的女人，衣服穿得很整齊，但拖著一雙不潔的皮拖鞋，露著很美的足踝。但竟不是韻奇。我的心有好像失望而又平安的感覺。

「謝謝你。」我們的主人說著，就挽我進去？也沒有同我介紹。

那麼也不是他的太太。我想。

灰黯的走廊上，有零亂的椅子木凳，上面都放著小孩的衣鞋等東西，兩個女人在說話，三四個孩子在鬧，一個五六歲的孩子嘴裡含著糖在哭，但看見我們進去，一瞬間都停了。我們走過兩個房間，一個門關著，一個開著，我略一瞥目，看到裡面半截的板壁下兩邊放著兩張床，一張床上睡著一個男人，手裡拿著撲克牌，嘴裡在哼廣東戲。

於是我們從廚房的門口經過，我看到裡面三四只煤爐上面都冒著氣，有四五個人擠在裡面，看到了我們，突然都擠到門口來看。

「房間都租出去了，我們住在這裡。」我的主人說著，指著廚房隔壁的一個房門。

房門是關著的。我們的主人敲門了。

「啥人？」是上海話，裡面是一個女人的聲音。

自從進門以後，我有奇怪的信心，覺得我的主人的太太不會是陶韻奇了，而這一瞬間，我竟有不可擺脫的害怕。

門開了。

「我帶來一個朋友。」我的主人說：「你們一定認識的。」

但在我前面的竟是一個我不認識的女人，臉色萎黃，身軀嶙瘦，胸部凹在裡面，肚子突在外面，真是有八個月以上的胎孕了，我想。她的臉尖削，貧血的嘴上有兩條深紋；她大大的眼睛浮著散漫的光，但隨著我的主人的話，似乎她逐漸地集中了她的眼力，推出懷疑的淺笑。

「××，」他的男人說：「真巧，我們曾在彌敦道上碰到。」

「××，」她叫著嘴角浮出了可憫的笑容，眼睛流出了淚水，她說：「你……你……要是我碰到你，我怎麼也不認識的。」

「我也不認識他，後來我聽到有人叫他，我才敢同他招呼。」史抱偉說，是的，他是史抱偉，史抱偉永遠有聰明的辯才。

「那麼你真是韻奇？」我說。

「請坐，請坐，」韻奇說：「地方很小。」

房間是小的，一張床可很大；旁邊窗前是一張桌子，一個八、九歲的女孩在寫字，這時候停著筆驚奇地望我。

「這是我的大孩子。他叫采光。」韻奇說著，又對采光說：「叫伯伯。」

「伯伯！」采光叫我，我走到他的旁邊，我摸他的小臉，圓圓的臉兒鑲著大大的眼睛，薄薄的嘴唇……韻奇已不是韻奇，然而韻奇留下了韻奇，我說：

「韻奇，她像你，像你，簡直是你！」

我在旁邊一把舊藤椅上坐下，韻奇同抱偉坐在床沿，我看到床上還睡著一個孩子，我說：

「你有兩個孩子？」

「啊，上面還有兩個大的，」史抱偉說：「去年死了。」

「大的已經十三歲了。」韻奇說。於是又對采光說：「你去倒一杯茶給伯伯。」采光從凳子上跳下，他走到房角的竹架上倒茶給我。史抱偉袋裡摸出他的駱駝牌，給我一支，自己含上一支，於是又摸出洋火，為我點煙。我發現他的手有點抖索。

「你們什麼時候結婚的，我一點都不知道。」

「他大學畢業就結婚了。」

「抱偉大學畢業？大學畢業……啊，我倒忘了，你後來進的是……？」

「聖約翰，」韻奇替抱偉回答說：「他學的是經濟，但是在這裡炒金竟破產了！到了這個地步。」

史抱偉似乎覺得很內疚似的，他說：

「我去買一包煙就來，你們談談。」

抱偉走出去後，房內一時沉寂，許多話似乎都擁擠在我的喉。一時無從說起，最後我說：

「你的哥哥呢？」

「在東北。孩子很多，很苦。」

「你的家裡呢？」

「爸爸、媽媽都死了，一個姐姐也死了。妹妹結了婚離了婚，現在一個人在無錫教書，還有一個孩子跟著她。」

「你們家裡經濟情形不是很好嗎？」

「抗戰中早就完了。」

一時間我們又都沉默了，我有許多話想問，但不知是不是應該的，最後我說：

「你們很幸福？」

「這樣子，還談得到幸福。」她臉上浮起苦笑。

「只要夫妻相愛。」我說。

她不響，但忽然垂下了視線。

「他待你很好？」我說。

她忽然堆下一種很奇怪的笑容說：

「你是說，……」她臉上突然浮起了紅暈，忽然說：「這句話是什麼意思？」

「啊，他愛你，珍貴你，」我也微笑著說：「啊，你知道，一個愛太太的丈夫，諸如此類。」

「他一直是一個好人，是不是？」她說：「他尤其是一個好丈夫，我們一直非常相愛，非常快活，從來沒有離開過。自然，自從他失業以後，炒金破產，我們經濟很不好，欠了很多債，東逃西避，他奔走借當，但總是勸我放心。啊！他是好的，他從不發脾氣，從不悲觀消極，從不怨天尤人。他得意時沒有驕傲過，失意時也沒有灰心過。他是一個好人，是不是？不過這些年運氣實在太壞。」

「是的，是的，」我沉默了半晌，微喟著說：「他是一個了不得的好人。」

這時史抱偉在門口出現了，他說：

「他們在等你。」

啊，我竟忘了莊明、亭明了。

「誰？」韻奇問。

「他的朋友。」抱偉說。

「為什麼不叫他們進來？」

「啊，這麼小的地方！」抱偉說。

「我走了。」我說。

「叫他們進來好了。」韻奇又說。

「我明後天又會來的。」我說：「現在我知道了，天天會來。」

我走在前面，抱偉、韻奇送我到門口。我同韻奇道別，我說：

「抱偉，你送送我，這樓梯很暗。」

我同抱偉走下樓梯，我看韻奇還站在門口，走到三層樓，我看到了莊明，我站住了，我說：

「她什麼時候要生？」

「一星期到兩星期，大概。」抱偉說著，我看他很急。
「不要著急，」我說：「我去設法。明天、後天。後天是禮拜幾？」
「禮拜？」
「禮拜五，好不好？你來看我。」
「謝謝你，謝謝你。」
我問莊明借了筆，寫了一個地址給他，我說：
「你上去吧，後天見，後天見。」
我於是同莊明、亭明下樓。亭明說：
「怎麼這麼半天？要不是他出來，我要打門啦。」
「啊，老同學，老同學。我也認識他太太。」
「真的是老同學？」莊明問。
「像你們這樣大的時候，我們在上海同學。真是，人的變化……。」
當我同莊明、亭明回到柳家的時候，柳鏡然已經回來了。他同他太太與小姐都坐在客廳沙發上，好像正在談剛才的事情。一見我們進去，柳鏡然就說：
「啊，回來了，你們再不來我真要報差館了。」
「你們是不是已經到差館去過了？」柳李雙娜說。
「怎麼？」我走到雪明旁邊問：「好一點了嗎？」

「那個賊是他的老朋友，我們把他送到他的家裡。」亭明對他母親說。

「××說還認識他太太的。」莊明也說。

「真是你的朋友？」雪明也驚奇地問：「我還以為你開玩笑。」

「是中學裡的同學。」我說：「真是奇怪。」

我說著也坐在雪明的旁邊，我把剛才的種種以及我們以前中學裡的情形都詳細地告訴了他們，我說：

「真想不到他的太太竟是陶韻奇。」

我講完了，大家似乎都很有感觸，一時空氣變得非常沉悶。忽然，柳李雙娜說：

「我不知道你後來問陶韻奇，史抱偉對她好不好，是什麼意思？」

這句話很突兀，因為事實上很明顯，我問這個，無非是對陶韻奇一種關心，我說：

「無非是對韻奇一種關心。」

「但是假如她告訴你史抱偉對她非常不好，她很痛苦，你打算怎麼樣呢？」

柳李雙娜這句話的確把我難住，我說：

「我……我……我可以勸勸史抱偉，我或許，或許我不叫史抱偉到我的地方來拿錢，我要單獨幫助陶韻奇……」

「這都是一些辦法，並不是你的心理。」柳李雙娜說：「你的心理是在希望她告訴你她們夫妻不好，好像就此可以表現你的愛情，義氣。」

「沒有這事，沒有這事，」我說：「你小說看得太多了。」

「媽媽的話，我想是對的。」雪明忽然說：「你失戀的打擊似乎還在你心裡作祟。」

「現在哪裡還有這事。」我說。「我當她是我妹妹一樣。」

「但是你是幸運的。」柳鏡然忽然說：「初戀成功的人都不會有什麼出息。你看我，當年追求雙娜失敗的人都有點成就，只有我……」

「但是你最幸福。」我說。

「事實上，你不肯為愛情犧牲第一名，就足見你是一個自私自利的人。」雪明說。

「但是我想考第一名，完全是那份愛情在鼓勵我。我也許是一種自卑，我想有了第一名，可以作我對陶韻奇一種奉獻。」

「可是史抱偉為愛情放棄了事業，所以他在愛情上勝利了。」雪明說。

「要是你不失戀，同陶韻奇結婚，今天搶雪明東西的一定是你了。」

這時候，阿菜忽然匆匆忙忙進來，她拉著亭明偷偷地不知在說什麼。

「什麼事？」柳鏡然問。

「阿菜說樓下米店裡的人說，那劫賊可能同我們朋友串通好了的，抓不住就搶走，抓住了就由我們朋友來說情。」亭明說著大笑起來：「對我說，你是不是同他串通好的？」

「咦！這話也有理，也許真是××同他串通好的。」

「你平常總是下午來多，今天突然上午來，這一點可疑。」莊明說著大家都笑了。雪明忽然說：

「我倒很想見見陶韻奇。」

「我借你們這裡請她們吃飯好不好？」我說。

「好極了，好極了。」柳李雙娜說。

……

就是這樣的柳家，那是我愛去而常去的地方。

私奔

爸爸

當我抬起頭來，我看到小銀籟已經放學了。她不發一聲，坐在沙發上，望著放在矮桌上的書包，兩手插在口袋裡。我說：

「小銀籟，你放學了？」

她不響。

「怎麼一聲不響？進來也不叫爸爸？」

她還是不響。

我於是放下工作，從寫字檯走過去，我說：

「小銀籟，有什麼不舒服麼？」

她澄清美麗的小眼突然流出二行眼淚，哭了。

「什麼事？小銀籟，你告訴爸爸。」

「爸爸，史濟光不是一個好人。」

我笑了，我說：

「這哭什麼。誰都有不好的地方，誰都有過錯的，人家不好，你要原諒他。他不好，你更要做個好孩子，好學生，是不是？來，來，我們一同外面去走走，好不好？你陪爸爸去喝一杯茶，我請你吃一杯冰淇淋。」我說著拿出手帕替她揩眼淚，拉著她的手出來，她也就慢慢地忘了剛才的傷心……

第二天，下午四點鐘的時候，王媽說要接小銀籟去，我說小銀籟不是自己會回來的嗎？王媽說小銀籟早晨關照她，今天要去接去。我也就不再說什麼。我想她真的同史濟光吵架了，但不知道史濟光不送她，還是她不要史濟光送呢？

晚上，我同小銀籟一同吃飯，我看她似乎還有點不高興。吃了飯，王媽搬著飯菜出去了，房間裡只剩我同小銀籟，我坐在她的旁邊就說：

「小銀籟，你好像還有點不高興，是不是？」

「我沒有不高興。」

「啊，你不要騙爸爸，爸爸看得出的。」我說。

「今天真沒有什麼。」她說。

「是不是還是因為史濟光不是好人？」

她不響。

「昨天我倒沒有問你，你們怎麼吵架的？你說他不是好人，你自己有錯沒有呢？」

「他沒有同我吵架。」她說。

「他同別人吵架了？」
「也沒有。」
「那麼你怎麼說他不是好人？」
「大家都說他不是好人。」
「大家都說他不是好人，他不見得真是壞人。」
「他爸爸不是好人。」她說。
「你怎麼知道他爸爸不是好人？」我說：「你看見過他爸爸？」
「他爸爸前兩天到學校來，偷偷摸摸的，站在我們講堂外面看史濟光。昨天，不知怎麼，先生問他幹嘛，他說不出來，被人趕了出去。他到學校外面還是等著史濟光。放學的時候，我同史濟光一同出來，他突然走到我們旁邊，抱著史濟光哭了。史濟光叫他爸爸，大家都笑史濟光。」
「那有什麼可笑的？」
「啊，你不知道他爸爸的樣子，頭髮長長的，滿臉鬍髭，髒得要命。衣服破破爛爛的，手裡拿著一頂不三不四的帽子。」
「他爸爸不是一家電影公司的老闆麼？」
「誰知道他，別人說他有兩個爸爸。」她說。我想了一想，就說：
「但是這一切都沒有什麼不好呀！」我說：「小銀籟，那也許是你錯了。你是不是就此不想同史濟光一起走，一個人回來了？」

「我同別個同學回來的。」

「那是你不對了，」我說：「假如我穿著破破的衣服來接你，難道你也覺得我不是好人麼？」

「但是他爸爸的確不是好人，先生也那麼說，所以把他趕出來。」

我想了一回，又說：

「就算他爸爸不是好人，史濟光不見得就不是好人，是不是？」

「但是同學們都笑他，他們今天還笑我，說我是他好朋友。」

「小銀籟，」我說：「你知道這是笑他的人不好麼？」

她不解，似乎想說什麼，但忽然又不說了。

「你明天帶史濟光到家裡來好不好？」我說。

小銀籟沉吟了半天，不說什麼。

「我想他是一個好孩子，你們是很好的朋友，是不是？他不是有什麼不好，只是遇到了什麼困難，你是他的朋友，一個人在朋友有困難的時候，應當幫忙他，勸慰他，不應當看不起他，是不是？」

小銀籟想了半天忽然說：

「明天你叫王媽帶他來好了。」

我看到小銀籟恢復了一點自尊與信心。似乎也意識到做史濟光的朋友並沒有什麼可恥的。

兩個月以前，王媽告訴我小銀籟有一個同學同她非常好，放學回來總是一同走，王媽就提著書包走在後面。後來小銀籟好像也不要王媽去接她了，王媽事情也多，接學校，等三等四也是她討厭的工作，所以也落得省事。但是我還有點不放心，等王媽不去接小銀籟的第二天，我自己去接小銀籟。我看到她的同學史濟光，他是一個十二歲的孩子，比小銀籟大二歲，但竟長得很高大。我同他談談，帶他們倆去吃點心。我覺得史濟光真是一個聰敏懂事的孩子，他打扮很乾淨。我也問到他爸爸，他說是一家電影公司的總經理。他對小銀籟真有點大人的氣度，處處地方似乎都想討小銀籟的歡心。

兒童心理這一類學科我雖也略涉，但早已疏忘。近代都市的兒童似乎都同我們時代不同，有人以為這是早熟，實際上還是天真無邪的一點本能。正如很小的女孩子愛抱嬰孩一樣，過去這種本能是被壓抑的，而如今是解放了。異性的朋友總有點不同於同性的朋友，我覺得這種友情是美麗的，在將來回憶時候還會特別美麗。

從咖啡館出來，我提議散散步，先送史濟光回家。路上我就謝謝他昨天送小銀籟回家，並且叮嚀他穿馬路小心。他忽然說：

「老伯，你放心好了，我會騎自行車，我已經在學開汽車。我對於交通規則都懂得的，爸爸媽媽都教過我。」

史濟光的家在太子道，是一所精緻的小洋房。前面有很大的花園，花園裡紫藤開得正好，草地上叫著兩只狼犬。我送他到門口，就搭公共汽車回家。據小銀籟告訴我，昨天史濟光是步行送小銀籟到家，再搭公共汽車回去的，他說以後他每天都可以這樣送她。

自從那天以後，我很放心的讓史濟光伴著小銀籟回來。有時候史濟光也進來坐一會，有時候他送到門口就回去了。而我看到小銀籟對於功課特別用功起來，有一天，她還向我要求她要學鋼琴。

孩子們肯學點東西當然是好的。但學鋼琴，第一學費貴，第二還得買一架或者租一架鋼琴，這在我有點不容易。我推托拖延了一星期之久，最後我答應她到暑假開始給她學琴。而這件事似乎她也告訴了史濟光。

如今她竟覺得史濟光不是好人了。

我於第二天寫了一個條子：

「小朋友：你肯馬上看我麼？我等著你。我有許多話想同你談談。小銀籟的父親。」

我把這個字條交給王媽，叫王媽於到學校接小銀籟時交給史濟光。

那天下午我就沒有出門，我買了一些冰淇淋、桔子水、糖果、點心，我專等史濟光到來。王媽與小銀籟於四點十三分就到家了。王媽說，史濟光說回頭就來。但是他到四點半還不來，一直到五點鐘有人打鈴。

不錯，是史濟光，他還是打扮得很整齊。但是他的面上的精神完全不同了，他有點膽小，有點自卑，站在門口，好像還猶豫是否應當進來。

我迎出去，比平常還和藹與熱情去招呼他，我拉著他的手進來。小銀籟坐在沙發上，很不自然的翻動著書包，沒有看史濟光，但我知道她還是看見他的。我沒有理小銀籟，我叫王媽去拿茶點，我帶史濟光到裡面，在沙發上讓他坐下，我說：

「你是不是比小銀籟大兩歲？」

他點點頭，我說：

「她有不好，你要原諒他。」

「她沒有不好。」他說。

「你不要客氣，」我說：「她有不好，但是她不知道自己不好在什麼地方。」

他不響。

「她說你爸爸回來了？」

史濟光突然臉紅了，非常不安。

「你不要以為這是難為情的，這一點沒有什麼。你知道麼？就算你爸爸不好，也不是你的過錯。你還是一個小孩子，他不好不能叫你負責。」

「我爸爸是一個好人！」他抗議似的說，但忽然流下了眼淚。

「對不起，」我說：「那是我不好了，但是我不知道，是不是？你願意告訴我麼？」

「他是一個好人；我媽媽同他不好，媽媽帶著我走了……他……他……」史濟光哭得很厲害。

「不要哭，男孩子不哭的，是不是？」我拉著他的手說：「他突然來看你了？」

「我們離開了他，他……他一直想我媽媽同我，後來據說他生病，他喝酒，他賭錢……他……」他抽咽著說得很不清楚。

「小銀籟，你聽見沒有？」我說：「假如當初我也讓你媽媽帶你走，我現在也到學校裡來看你，你不也是同他一樣嗎？所以你不應該同他不好，是不是？別人儘管怎樣，你還是要同他好，是不是？」

不知怎麼，小銀籟突然也哭了起來，她哭得很厲害。我說：

「乖，不要哭，你知道你不對就好了。快去看看王媽，你去幫幫她忙，我們吃點點心。」

小銀籟揩揩眼睛走出去了。我問史濟光：

「那麼你現在的爸爸呢？他待你好麼？」

「他一天都在外面，很晚才回來。只有星期日，有時候我們在一起。」

「你媽媽呢？她又有孩子麼？」

「有一個小弟弟。」他忽然又說：「媽媽天天出去打牌。」

「你自己爸爸只有你一個？」

他點點頭。

「你離開你爸爸幾年了？」

「四年了。」

「他現在也又結婚了？」

「沒有，沒有，他一個人。一個人，身體不好……沒有錢……」

不知怎麼，說著說著他又哭了起來。這時候王媽同小銀籟拿著茶點等進來，我也就不再說什麼。我叫小銀籟招待她的小朋友，小銀籟果然又待他很好，我的心感到很快慰。

吃了茶點，我同小銀籟送史濟光出門，我送他到公共汽車站，我說：

「那麼明天起，你仍舊送小銀籟回來好不好？」

「明天可以，後天我沒有空。」他說。

「怎麼，要考書麼？」我說。

「我答應爸爸到他那裡去。」

「那麼我同你一塊兒到他那裡去。」小銀籟說。

「你這孩子，」我說：「你去幹嗎？」於是我對史濟光說：「他住在什麼地方？你去過麼？」

「我沒有去過。」他說：「後天他來接我。」

我沒有再說什麼，公共汽車來了，他也就上車。我同小銀籟回家，心裡有說不出的感覺，我非常同情史濟光，也同情他的爸爸，但是我覺得他們這樣下去也不是一個解決的辦法。

第二天，小銀籟是同史濟光回來的，但是史濟光沒有進來。

第三天，我不知道是同情心還是好奇心的驅使，我忽然想到去看看史濟光同他爸爸，我就親自去接小銀籟。

校門口站著好些人，都是來接學生回家的。我站在那裡，抽起一支煙。四周注意一個可能是史濟光父親的人，但都不像。我想如果他在裡面，應當是不難認出的。因為來接學生的大半是家裡的女佣，有的是太太，男人根本很少，都是衣冠楚楚的。我想也許他們不願意別人看見，所以故意約得晚一點。

放學的時間終於到了，小銀籟也出來了，我伴著她走出校門。我問：

「史濟光呢？」

「他還沒有出來吧。」

我們順著學校的圍牆走，校園裡的花木伸在我們頭上，天氣晴朗，陽光下更覺得和暖，使我感到江南的暮春。走進了圍牆，就在要穿馬路的時候，小銀籟忽然對我說：

「那就是史濟光的爸爸。」

「哪裡？」我停步問她。

「後面，後面。」

我回過頭去，我看到了圍牆轉彎的角落正站著一個男人。

他是潦倒的，這只是說不出的一種感覺。他的衣著真是敝舊，天氣已是很熱，但是他竟穿著一件大衣，還支起領子。他一隻手揷在大衣袋裡，口袋上裂著一個口。一只手拿著香煙，似乎很用勁的在吸。他鬍鬚似也好久不刮了，頭髮是乾枯的，零亂的，這樣不近的距離，我已經看到他是有不少白髮了。他的鞋子斜蹩著，有從來不揩的骯髒；灰黃色的褲子顯得太短，露出沒有用襪帶的黑襪，縮在鞋跟上面。他低著頭。我沒有看見他臉，但是我注意到他正遠遠地望著校門。

就在我注意他的一瞬間，他抬起頭來，我馬上看到史濟光從校門出來。我於是看到他頭部的側面，他的額角很開闊，鼻子很挺，顴骨很高，嘴唇很厚地外凸著……

——他難道是鄧化遇？

我不知不覺拉著小銀籟向他走過去。

——不錯，他一定是鄧化遇。

「老鄧！」我叫。

他回過頭來，他吃驚了一下，但隨接說：

「老于！是你。」

我上去同他握手，他握著我的手不放，但我們始終說不出一句話。這時候史濟光已經走來，他同小銀籟都楞了，半晌我說：

「是你？想不到是你？你……你……」

「很多年了！」他說著鬆了我手，他很自然的去拉史濟光的手。

「先到我家去坐一回吧。」我說：「離這裡不遠。」

我認識鄧化遇是十幾年以前的事情，那時候我還在大學四年級讀書，有時在報上寫一點文章。他率領一個歌舞團到北平來，我們在宴會上碰到，談起來他就是鄧虎雨，是我小學裡的同學。他是廣東人，小學時我們都在上海，小學畢業以後他回廣東，我們就沒有碰到過。在北平，那時他改名叫鄧化遇了。他帶領的歌舞團有三十幾個人，住在旅館裡。我當時就常到他那裡去看他。那時候我知道他的父親是很有錢的華僑，父親死後，家產分了，他就用錢來辦歌舞團。幾年來，他的歌舞團在南洋暹羅各地都表演過，有很美滿的成績。他風度翩翩，舉止豪闊，態度響亮明朗，但做人非常和藹可親。他辦歌舞團的目的，當然不是為賺錢，事實上他已經賠了不少錢。說是為名，雖然各地都知道他，但他的目的似乎也不在這上面。我發現他完全是一種奇怪的興趣，他喜歡的是這種歌舞團的生活。

他喜歡交際應酬，喜歡擺闊。他衣著非常講究，有點近於奢侈。他西裝永遠是最上等的料子，每天要換，襯衫常常一天換兩次，領帶收集尤多。頭髮經常光亮，一星期就要理一次。褲子幾乎穿一二次就不再要。但他辦事認真，他從不同團裡的女孩子有什麼浪漫史，雖然團裡團外的女子對他傾倒的不少，但是他毫不動情。他認為辦一件事業，尤其像辦歌舞這樣事業，私生活一可以有批評，就不會成功。我曾經問他的理想，他說將來他要辦一個電影公司，辦一個專演歌舞的戲院，他告訴我已經有人願意同他合資，不過資本還不夠，他對什麼事情不是第一流的，都不想辦。

他們歌舞團在北平公演了兩個月，生意並不十分好，他當然是賠錢的。但是他很樂觀，他覺得他在北平交到不少朋友，這在他認為是很大的收穫。他離開北平的時候，正是我考完了畢業考試，他希望我可以跟他一同走，但是我捨不得離開北平，謝絕了他。此後他到了上海又去南洋各地，我們也沒有通信。

兩年以後，我在上海，有一次我在路上碰見他，他正跳下一輛汽車。講究的西服，豪闊的舉止，翩翩的風度，一點沒有改變。他說他們住在滙中飯店，邀我到他那裡去，我們一談談了好幾個鐘頭。原來他於上次離開北平到了上海以後，就愛上了一個年紀很輕的叫做林累梅女孩子，是一個朋友介紹來參加他的歌舞團的。她的父母已亡，家裡經濟情形不好，很希望可以獻身於歌舞。她很聰敏，也很用功，不知怎麼，她特別關心鄧化遇的健康，愛分擔鄧化遇的憂愁，常常窺伺鄧化遇一個人的時候，來同他談話。鄧化遇就此愛上了她，她很快變成歌舞團的明星，這引起許多先進來的團員們的不滿。團裡以後糾紛很多，在南洋跑了一圈，總算賺了一些錢。他也就放棄了歌舞團的事業，預備專辦電影，就同林累梅結婚。他已經在香港拍了兩張電影，生意不錯。現在他想在上海成立公司，已經商洽了一個姓史的巨商投資。待簽了合同，他就預備回香港去。

那天談了以後，我請他吃飯，看過他一兩次，以後他就回香港了。我呢，沒有多久也去歐洲，歐洲回來，正是抗戰時期，我到桂林、重慶，奔走各地。鄧化遇的變化就不知道了。

然而如今，我又在香港碰見了他。

當時他沒有拒絕我的邀請，他跟著我走。穿過馬路，我走在他的旁邊。史濟光同小銀籟跟在我們的後面。我當時想到他當年的風度與舉止，似乎更覺得他現在的潦倒。他的頭髮白得很多，人枯瘦，面色乾黃，眼袋下墜，兩頰消削，額前露著皺紋，鬍髭零亂。他屈著背，低著頭，完全沒有過去響亮明朗的態度。他一言不發，走在我的旁邊。他往袋裡摸出一支紙煙，繼續他已燒盡的煙尾。他沒有把紙煙敬我，還是一隻手放在袋裡。我一時尋不出什麼話說。

半晌，我望望天空，輕描淡寫地說：

「日子過得真快，我們都變了。」

「啊，你沒有什麼變。」他說。

「也變了不少。」我說。

「你怎麼還認識我？」他說。

「啊，你……你，」我一時竟也找不出理由，我望著他說：「你整個的風度，你穿著大衣的姿勢。」

是的，這是他穿著大衣的姿勢。他喜歡把大衣領子支起，並不是為禦風或者禦寒，而是一種習慣。他喜歡一只手放在大衣袋裡……是的，還有他的側形，他的額角鼻子嘴唇所形成的線條。如果我正面的或者更近的去看他，也許反而不會認識他了。

到了我家，走進客室，他四周望望，就坐下來，沒有脫大衣。我正想叫他寬寬衣服，但突然發現他裡面沒有穿上裝，所以也不說了。我讓史濟光同小銀籟到裡面去玩，我斟給鄧化遇一杯酒，我開始希望他告訴我一點遭遇與變化。我說：

「你現在一個人？」

他點點頭，他好像不想說話。他對我的環境也沒有好奇，似乎也不想問我什麼。於是我問他：

「這孩子是林……林什麼呀？她養的是不是？」我指的當然是史濟光。

「啊，是林累梅，她後來叫蘇佳夢，我只結過一次婚。」

「蘇佳夢？」這當然是一個前幾年常常聽到的電影明星的名字，我說著又為鄧化遇斟了一杯酒：「就是她？」

鄧化遇這次兩口就乾了杯，我知道這是他現在的嗜好了。我又為他斟酒，這次我為他斟得很滿。我問：

「怎麼把你孩子交給她呢？」

「啊！說起來話長！」他說著又喝起酒來，像是很感到安慰似的靠倒在沙發上。

「你們到底怎麼回事？」我說：「上海的時候不是你正要辦電影公司麼？」

「是的。後來我就同史家在上海成立了公司，拍了好些張片子，蘇佳夢就在那時候出名的。我們一切都很好。」他說：「但是後來日本人來，我們的廠在閘北，一切都毀了。我到香港想從新建立，但是我已經沒有資本。蘇佳夢那時候說仍舊可以叫史家出資。史家在香港南洋很有些事業，這些事業都是史家的少爺掌理的，蘇佳夢就同史家的少爺去接洽。結果拍了一張片子，他們倆可就打得火熱，我勸她她反同我吵架。珍珠港事變以後，我知道電影事業沒有辦法，我又不願同日本人去合作，所以我要回到廣東家鄉去，但是蘇佳夢不願意去。那時候我們孩子已經三歲，我就帶了孩子回到家鄉，我就做點小生意，但還常到香港來，同蘇佳夢也常見面。我看她生活很好，也就不去管她。那時我知道史先生也從上海到香港，他們同日本勾結，工廠生意很發達，很發一點財。我雖明知道蘇佳夢是靠史先生的少爺支持的，但覺得也無法去管她，因此我們見面還是很客氣。如是者兩年，她同我談起孩子讀書的問題，她一定要孩子到香港讀書，說她自己也可以照顧，誰知孩子到了香港以後，就完全屬於她了。後來我經濟情形越來越壞，她也同我越來越疏遠，我到香港也無法找她。最後她提出了離婚，我當時很自卑，覺得既然無法供養她，為她的幸福，還是聽她去吧。」他歇了一歇，又喝乾了一杯酒。

「那麼孩子呢？」我一面為他斟酒，一面說。

「孩子，她說為孩子的幸福，我應當交給她。當時雖然說好了我有權利去看看孩子。但是離婚以後，我無法去看她，她避我，不見我，所以我只好在孩子學校裡去看看孩子。」

「那麼這許多年你一直這樣在偷看你的孩子？」我說。

「勝利以後，他們搬到上海，我就無法再看我的孩子了。聽說史家的少爺死了，蘇佳夢就做了他父親的姨太太。我多少次都想到上海去，但是窮途潦倒，覺得看見她也沒有意思。」

「那麼你一直沒有結婚？」

「你想我的事業毀了，妻子跑了，我感到做人都沒有勇氣。我頹廢消沉，沉湎賭博煙酒裡，我不能自拔。」他說著又喝口酒，接起一支煙抽。

「你不應當這樣，你應當振作，你可以做許多事情。是不是？」

「為什麼？」他忽然抬起頭來，我看到他眼球上的紅絲，眼角浮著白色的分泌，他用呆呆的眼光望我，於是又說：「你知道我愛蘇佳夢的，我一直愛她，沒有她就什麼都沒有希望。去年我知道她們回到香港，我寫了一封信給她。」

「你？」我說：「但是這樣一個女人？我相信她從來沒有愛過你。」

「她不是一個壞人，」他低聲自語地說：「她不是一個壞人……也不能怪她！」

「她回你信了？」

「她沒有回信，也不告訴我孩子讀書的地方。」他說：「但是她寄我一張支票，一千元。」

「豈有此理！」我說：「這算什麼意思，她侮辱你。你退還她了？」

「沒有。」

「你收下了！」

「我想重新建立事業，成功了再還她錢。我到澳門去賭，我贏了七千塊錢。我用這七千塊錢到香港做炒金，我賺到兩萬塊錢。我想我可以成功了，但是一下子，我完全輸光，我又什麼都沒有了。」他說：「我沒有面目再給她寫信，我在她家門口等我的孩子，跟蹤我的孩子，我知道了他的學校。我知道我沒有資格做個好父親，但是我愛他，他是我唯一的親人。我本來只想去看看他，不想同他說穿的，但是見了他我就情不自禁了。……」

我沒有什麼可說，我為他斟酒，我自己也喝了一點，他舉杯一飲而盡。最後嘆了一口氣，他站起來告辭了。

窗外的天氣忽然陰了，已經近六點鐘，房內顯得很暗，我開亮燈，拉上窗簾。我留他在我家吃飯，他說他要送史濟光回去，我就請他再坐一支煙的工夫。於是我勸他不要留戀過去，不要老想著發財，想著創大事業。應當振作起來，找一個職業，安安定定做點小事，那怕收入少，總可以使生活比較上軌道一點。但是他對我這些話似乎都不感興趣。忽然他想到了濟光，他叫濟光。濟光同小銀籟在裡面，我找了他們出來，他拉著濟光說：

「今天不早，我送你回去。明天我來接你，再到爸爸那裡去玩，好不好？」

濟光很自然地點點頭。

我送他們父子到門口，我請化遇以後時常來玩。我望著他們走在街上，這支起著大衣領子的後影，又使我想到化遇當年的風度。我心裡有奇怪的感觸。

「爸爸，你怎麼認識他爸爸的？」在我旁邊的小銀籟突然問我，她打斷了我的思緒。

「啊，我同他是朋友，很早很早就認識的。」我隨口說著，拉著小銀籟的手走到裡面，我關上了門。小銀籟忽然又問：

「他到底是好人麼？」

「誰？」

「史濟光的爸爸？」

「同誰的爸爸，都是一樣爸爸。」我說。我們到了房內，小銀籟忽然說：

「明大爸爸要接史濟光到他家去，那麼你來接我好不好？」

祕密

一

當駱家禾還沒有嫁蘇旣遂的時候，她是我們大家都想追求的對象。她的臉甜得像一朵芙蓉，鑲著長長的眼睛，細俏濃明的眉毛，玲瓏的鼻子與無限嫵媚的嘴唇；她的身材亭亭玉立，長長的頸項，走起路來昂然像一只白鶴。她動作緩慢清晰，平常不苟言笑，坐在我們一起，她總是莊嚴寧靜。男人們愛在女人面前耍嘴，但一切的笑話與幽默的故事都很難引起她的注意。她有時也偶然輕輕一笑，總是拉長了一下上唇，嘴角一彎，眼睛一瞟，啟露了無限的女性溫柔。

我第一次見了她，就為她傾倒。但是我馬上發現，追求她喜歡她的人已經太多，我擠在裡面，顯得是一個第三流的配角。這因為我沒有錢，沒有汽車，我又沒有口才。我同她在一起只會楞在一旁，痴傻地偷窺她。在她二十歲生日那天，她家裡為她舉行一個聚會，她的男女朋友大概都到了。她的家竟是大大的洋房，寬敞的花園，想不到那天是這樣熱鬧，門口排滿了汽車，客廳裡放滿禮物。人家送的是華貴的衣料，講究的化妝品，還有遠路帶來的新鮮的玩意；只有我的禮物是一本舊書，是我自己讀過的Robert Bridge的*Testament of Beauty*，封面還是我自己重新裝訂的，顯得分外寒傖。

那是我第一次到她家去，當我發現她的家庭是這樣的氣派，戚友都是這樣的闊綽，我一時幾乎不敢把我的禮物交出去，可是拿在手裡又非常窘僵；最後幸虧駱家禾迎上來，非常高興的接過我的禮物，摸了一摸說：「謝謝你，你還要送我書。」

我很怕她當場打開；她果然沒有打開，放在禮物堆裡，輕描淡寫的把我引到我認得一些朋友群中。

自從那一天以後，我感到自形穢慚，深深地覺得齊大非偶，再不敢對她存什麼妄想，我不再去見她，但不知怎麼，我竟仍無法不想念她，我發覺我比以前更加愛她了。

就在這種矛盾的痛苦中，我接到了她一封信。她先說我送她的書已經讀完，謝謝我的美意，使她知道這個作者，這是她第一次讀他的書；於是談到了那本書的內容。我當時自然非常興奮，馬上寫信給她。以後我們信札往還一星期至少兩封，而我竟不敢再同她會面。

但我在通信之中竟慢慢地獲得了她心，幾個月以後，我們的信已經是情書了。於是她忽然叫我去看她，在她家的花園裡我們坦露了我們的愛，以後我們就常常在一起了。這引起大家的羨慕與妒忌，我則更感到了光榮與驕傲。在一切的聚會場合中，我已經被大家承認是家禾的情侶。

我們的戀愛繼續了兩年，但我竟沒有想到結婚，好像她在我心裡是一個不老的仙子，而我要同她結婚必須先要有點成就，無論金錢與地位。但那時她離開大學已有了一年，她的家庭當然是很舒服的，她也不用愁生活。我們常常在一起玩，過著很愉快的日子。我始終沒有想到她也會同普通的女人一樣，到這樣的年齡就需要成家了。愛情最怕空間的睽隔與時間的拖誤，要是我當時有勇氣成家，駱家禾當然是我的太太。就為我沒有提議婚事，她很快的就做了蘇既遂的太太。

那是我回鄉去的一個暑假，家禾當然大天同我寫信的，但突然她在信中告訴我她第二天要訂婚了。我趕到上海，她已經訂婚。我們還見面一次，她對我流了幾滴淚要我原諒她，說這是「天定勝人」。她沒有告訴我對象是誰，我也沒有問她。我當時固然很傷心，甚至有點恨她，覺得女人竟是這樣的薄情。但一年以後，我完全對她諒解了，我知道一切的過錯應由我負，最薄情的男子莫過於女人要結婚的時候，還在同她談柏拉圖式的戀愛。

我從朋友那裡，只知道家禾的對象是一個英國留學生，等我接到她寄我的喜柬，才知道就是蘇既遂。蘇既遂是我早就認識的，他是我叔叔的學生。他在大學法科的時候，我在中學讀書，他畢業了在我叔叔事務所裡做幫辦律師，我們很有見面的機會。但男人在那個年齡時，差四歲竟不能做朋友，所以並不交往。我在大學二年級時候他出國了，我叔叔那天為他餞行，我也在席。

他們結婚時我沒有參加他們的婚禮，我知道我叔叔是去的。我沒有告訴叔叔認識家禾，但我從叔叔那裡知道蘇既遂回國還沒有兩個月，同家禾認識還不到一個月，由親友介紹，很快的就訂婚結婚了。

以後我自然更沒有同家禾往還，我只知道蘇既遂律師做得很好。又隔了一年多，我結婚了，我結婚的那一天，蘇既遂也來道喜，這當然是我叔叔的關係。我們談了好一回，那天我說出了我是認識他太太的。

當我從無錫、蘇州蜜月旅行回來，蘇既遂的夫婦請我與妻吃飯。我發現家禾比婚前更明媚鮮艷，煥發照人。我當然心照不宣的沒有露一點過去同她感情的痕跡，她更是落落大方，輕描淡寫的提到當初一些男女的朋友。蘇既遂當然很驕傲得意似的。他不但愛她，似乎有點怕她。蘇既遂比家禾矮一點。他並不難看，但不夠明朗，同家禾在一起顯得猥瑣。一瞬間我竟慶幸我不是家禾的丈夫，雖然我心裡對他還是羨慕的。

妻還是小孩子氣，她在不知不覺中似已經被家禾的儀態所折服了，回到家裡，馬上要我回請她們吃飯。

這當然是應該的。

二

而從此我們就開始有非常美好的友情。妻不但稱讚家禾，也稱讚蘇既遂。她的欣賞一點不錯，蘇既遂是聰敏、活潑、直爽的一種人，脾氣很好，待朋友很熱誠，也並不孜孜為利。此後我們就常常在一起，很自然的，慢慢地他們的朋友也做我們的朋友，我們的朋友也做了他們的朋友。女人們沒有事，拉三扯四，不是出去買東西，就是在哪家打小牌，往還得特別熱絡。妻喜歡熱鬧，同家禾尤其要好，常常在他們家玩了一下午，回到家裡還要打電話給她。好在總是那幾個熟朋友，我也隨便她去。逢到假期，我們男人也因而聚在一起。

這樣的日子過得很久，但不知道怎麼，妻忽然同家禾疏遠起來，有一次我回家，好幾個認識的太太同妻在打牌，沒有家禾，我說：

「怎麼家禾沒有來？她有事麼？」

「我沒有約她。」

「為什麼？」

突然，我看到那些年輕的太太們漂亮的臉上浮出不漂亮的笑容。

不知怎麼，我心裡有說不出的不高興，我說：

「我打電話叫菜，我叫他們也來吃飯。」

妻不響，我拿起電話，接電話的是蘇既遂，他問了家禾，他們很高興的答應就來。我又打電話叫了一些菜。

太太們不知道在裝什麼鬼臉，妻忽然到了臥室浴室跑了好幾趟，我也沒有想到什麼。

蘇既遂與家禾很快的就來了。我很注意妻的態度，雖沒有什麼特別，但對家禾總不像以前親熱，別人倒並沒有什麼兩樣，大家還是很開心的。

那天大家在客廳裡玩到很晚才散，夜裡，在床上，我問妻：

「怎麼回事？你似乎同家禾沒有以前好了？」

「我知道你喜歡她的。」

「我自然喜歡她，誰都喜歡她。這有什麼關係？難道還要吃這個醋？」

「你曾經愛過她，是不是？」

「啊，我愛她的時候，還沒有認識你；現在我愛她同你愛老蘇一樣，大家都是好朋友，年紀也都大了，還想這些幹嘛？」

「不是這個意思，」妻說：「你喜歡她，一定不會相信的。」

「相信什麼？」

「我不說。」

「同我說有什麼關係，我又不會去告訴她的。」

「你不生氣？」

「我生什麼氣？」

妻似乎要說了，又忽然停止換了一口氣，忽然說：

「你不會相信。」

「不相信，你說說也沒有關係。」我說：「也許你相信的不見得是對的，你也該聽聽不同的意見。」

妻忽然說：

「不說了，睡罷。」她伸出手熄了床燈，翻了一個身。

「告訴我，告訴我。」我扳她的身子求她，我說：「這樣我怎麼睡得著，話說得一半。」

於是妻轉過頭來投在我的懷裡，似乎怕人聽見似的說：

「她，……她偷東西。」雖然在黑暗中，但是我想像得出妻的表情。

「胡說！」我突然心裡有奇怪的感覺，我對於妻有一種奇怪的厭惡，我推開她的身子說：

「這什麼話？」

「我知道你要生氣。」她說：「你不信，但是……」

「你怎麼知道的？」

「我那個找不到的口紅……」她說。

「什麼口紅？」

「我哥哥帶來的，那個玻璃殼子裝的，你不是也很喜歡麼？」

是的，妻的哥哥是飛機師，常常有小玩意帶給他妹妹，那口紅裝潢得很新奇可愛，我忽然想起。

「那就在家禾那裡。」

「笑話。」我說：「你不要以為口紅新奇，這在美國製造的時候，一分鐘幾萬條，誰不可以買到，那裡不可以買到？」

「我知道你不會相信。」妻說：「還有黛蕊丟了一雙玻璃絲襪，也是她拿去的。」

「玻璃絲襪誰沒有？」

「但是那天我們在她家玩。正好她的襪子洗好了晾在浴室裡，後來就沒有了。」

「那難道就是家禾拿的？」

「那天只有我們三四個人，只有我們在用那浴室。」

「那麼怎麼不疑心別人，也許是佣人。」

「黛蕊的佣人從小就抱黛蕊大的，在黛蕊家二十多年了，她比黛蕊還珍惜東西。」

「你真是小孩子，」我說：「玻璃絲襪，還是舊的，這有什麼希奇。」

「但是只穿過一次，後跟花樣很特別，這裡還沒有。」妻說：「隔不了一星期，家禾就穿了出來，說是人家送她的。」

「這有什麼希奇，誰家沒有幾個認識人在香港、美國，只有你哥哥是飛機師？」我說：

「家禾的家裡比我們哪一家都有錢，現在蘇既遂也比我錢賺得多。我們到她們家去，家禾有什麼地方小氣過，你怎麼會想到她呢？真是奇怪。」

妻不響了，我知道我的話說得太重，於是我抱著她說：

「不要生氣，我不過說給你聽，你太大真，那些太太們難免對家禾妒嫉，信口雌黃，你不要去信他們。我愛你，我希望你永遠美麗，這樣想人家，說人家，都不是你這樣可愛的人所應有的。」

……

這以後，這件事情就沒有提起，但是妻始終沒有同家禾恢復以前的親密。情感上的事情原是誰也沒有辦法幫忙的，好在面子上大家還是朋友。有時蘇既遂在家裡請我們的時候，妻也不拒絕去，但如果我要請他們，妻就要說還是到外面去吃，外面吃飯太正式，吃了也就走散。我不在家時，偶而妻在家裡約幾個女太太來吃便飯打牌，則始終不再約家禾。我有時也想再問問妻，但怕徒然增加誤會而無助於她們的情感，所以也不敢提起。

因為蘇既遂與家禾同妻不在一起，我又比較同蘇既遂與家禾合得來，所以有時當妻到別的太太家去玩的時候，我反而一個人到家禾家裡去玩。我同蘇既遂固然很投機，對於家禾，我細細地觀察體驗，覺得她實在是一個大方漂亮的女性，決不是妻所來往的那些其他太太們所能比擬的。我相信一定是有什麼太太對家禾的美麗漂亮妒嫉，所以在挑撥離間。家禾對妻之對於她疏遠並不放在心上，好像還是同從前一樣，沒有對我表示一點她與妻有什麼感情上變化或事情上誤會之處。這更使我覺得家禾的可愛，而因而反覺得妻的狹小與鄙屑了。

總之，這些心理因時日的變移而加強，它使我與家禾有更加的接近；老蘇有時很忙，他的家裡常常是我與家禾兩個人，我們一談總是好幾個鐘點，等老蘇回來了，有時一同去看一場電影，有時喝兩杯酒，我方才告辭。

這樣的日子好像過了很久，到後來妻幾乎同家禾不常見面了。我也無意識的感到一個人同家禾或者同她們夫婦在一起，比有妻同別的許多人混在一起有趣味。

三

於是，不知不覺過了一個年。是一個初春的中午吧，那天天氣很好，我一個人從寫字間出來，去沙利文吃飯，一上樓就看見家禾一個人坐在靠窗的地方。她穿一件非常雅潔充滿春意的衣裳，有萬丈的光芒使人一看就認出是她，我就走了過去，同她招呼，我說：

「老蘇來麼？」

「我一個人。」家禾文雅而嫻靜地說：「我去看醫生，下午還想到公司去買點東西，所以不回去吃飯了。真巧，碰見你。」

我就坐在她的對面，我同她談了些無關緊要的事。

飯後我同她一同出來，時候還早，她邀我陪她一同到公司去走走。

我們進了永安公司，她告訴我她要買點藥，買點化妝品，我就陪她向那方向走去。但就在快到的時候，我忽然碰見一個熟人，他招呼我，順便同我說幾句話，記得是告訴我某某人要結婚的消息。就在談完話，他同我告辭的時候，家禾從那面過來，手裡拿著兩個紙包像是瓶裝的東西，我迎上去去替她拿，突然有 個職員很快的從家禾後面跑來，一把拉住了家禾，態度非常無禮，我就迎了上去，我說：

「你要幹嘛？」

「她偷香水。」

我忽然發覺家禾的面色發白，她不知所措的用手拉住了我。這時候有好幾個職員同一個看門的警察都過來了，他們要找家禾的手錢袋。

我當然想到了妻對家禾的懷疑，看看家禾現在的態度，我覺得這已是一個事實，而我是必需避免他們檢查才對，我從家禾手裡接過錢袋，拒絕了他們，我說：

「當然我不能拒絕你們搜查，但你們的態度欠好，所以我拒絕了你。如果你們要查，我們一同到經理室去查去。」

許多人圍攏來，看我們吵鬧，我一再申明我並不是拒絕檢查，但是我要在他們經理面前解決，我的話很得聽眾同情，於是他們也同意了。我們同兩個職員同兩個警察坐電梯到樓上經理室去。見我們的是副經理，我想起我同他是在什麼地方見過的，當時我又給他一張名片。

那個職員就指著家禾說她偷香水，而我拒絕他檢查；他的態度非常生硬凶厲。但是我則很謙恭的說這裡面的誤會。我先介紹家禾，說是蘇既遂律師的太太，我同蘇律師是朋友，我不過是在公司裡碰見她，看見她在受窘，所以出來調解。最後我希望副經理可以遣散警察與職員，讓我同他私人談談。我的話總算得了那位副經理的同意，他請那兩個職員同兩個警察先出去。

於是房內只剩了我同副經理與家禾三個人。我請副經理到外面同我單獨說幾句話。他邀我到套間去，那時候我手裡還拿著家禾的錢袋，那是一個非常講究的蛇皮錢袋，我把它交給家禾，請她坐下。但是副經理是一個機靈的人，他很自然接過錢袋，邀我進他的套間。

我們在套間裡坐下，我拿香煙敬那位副經理。我於是告訴他，蘇既遂律師是我的好朋友，我很知道他的太太，她太太神經常常恍惚，自己東西亂拋，人家東西也會不知不覺納入手錢袋中的。我在樓上看到他們吵鬧，覺得沒有法子讓他們檢查，所以我就幫了蘇太太。我於是說到蘇既遂既然是很有地位的律師，她太太家庭也極好，決不會是貪這點東西的，這點他當然也可以相信；而事情鬧出去，於蘇既遂的名譽大有關係，而大家都是場面上人，所以希望他肯幫忙，想一個辦法解決。

副經理於是很緩慢的把錢袋交給我，我就在他面前打開了錢袋。不錯，裡面有一瓶香水，精緻的紙盒是黑色的，上面有非常精細的金色花紋。我拿出來，打開紙盒，裡面的瓶子很小，口上紮著緞帶，磨料的玻璃瓶圓圓的像是一個水晶球，裡面蕩著棕色的液體。我又裝進紙匣，把它放在玻璃台上。我說：

「真奇怪，她簡直有點神經病！」

「很多女人這樣，」副經理忽然用低沉的聲音說：「世界各國的百貨公司都常常發現很好的太太們貪小便宜做這樣的事情。」

「我也聽說過。但是第一次親身經歷到。」我說：「希望你可以幫忙。」

「當然可以，」他說：「不過對於職員……」

「可以不可以給他一點錢，作為獎賞？」但是我又說：「我希望這件事不要讓外面任何人知道。」

「當然，不過我們的職員，不能讓他對於他的職責失去信心。」

「當然，當然。」我說。

「你可以給他多少錢？」

「你以為呢？」我說：「這瓶香水值多少錢？」

副經理拿起桌上的瓶子看了看說：

「大概八、九十元。」

「我是不是可以給他這個數目？」

「你且請蘇太太到裡面來，我找那個職員同他談談看。」

我從袋裡拿出九十元錢交給副經理，他接過鈔票，拿起桌上的香水走了出去，我也跟著出去。我看到家禾面色發青，呆木地在咬嘴唇，我走過去，邀她到了套間裡面，我關上了門。不知怎麼，她突然倒在我身上哭了。

我支著她到沙發上，我說：

「沒有什麼，已經都弄好了。你放心。」

她還是哭。

「你放心，沒有事，已經沒有事了。」

她忽然兩手捧住了我的手說：

「你肯不告訴別人麼？」我發覺她的手竟冰冷的。

「當然，當然。」

「也不告訴既遂。」

「當然。」

「也不告訴你太太？」我沉吟了一回說：

「當然，當然。但是你怎麼有這樣的毛病呢？」

「我也不知道。」她說著又哭了。

「你一定要改過。」我說：「像你這樣漂亮聰敏的人，你想，你要什麼隨時隨地都可以有，你要這整個的公司都容易辦到，為什麼要……」

「我也不知道，我常常一時會失去了自己。」她說著又哭了。

我聽到外面談話的聲音，我勸阻她的哭泣。她忽然說：

「你一定要幫助我，幫助我改去這個毛病。」

「我當然願意，做什麼都願意的。」我拍拍她的手，拿錢袋給她。又說：「你振作一下。」

家禾於是打開錢袋，拿出鏡子，化妝了好一回。我望著她芙蓉一般的臉兒，長長的眼睛，明朗的眉毛，玲瓏的鼻子與嫵媚的嘴唇，我說：

「家禾，你知道世上有多少人都肯為你犧牲一切，而你怎麼可以為一點點好玩的東西，去犧牲你自己的一切？你要什麼只要說一句，誰都肯辦來給你的，是不是？你何必這樣……」

「我有什麼不知道，有什麼不知道，」她說：「但是臨時我就失去了自己，我像是被催眠了一樣失去自己。」

門外有人敲門，我說：

「請進來。」

是副經理，他告訴總算什麼都辦好了，我謝謝他。

我伴家禾下樓，叫了汽車，伴她回家，我叫她早點休息，約她第二天五點鐘單獨到寫字間來看我。

四

第二天，我於午間到公司裡買了一瓶昨天看到的一樣的香水，五點鐘的時候我等家禾的降臨。

寫字間的人們已散，家禾於五時一刻到我地方，她的精神似已恢復，大方文雅地同我談話，我帶她到外面一家極清靜咖啡館裡，我從袋裡摸出我買來的香水給她，她楞了一下，我說：

「你喜歡的，誰可以送你就是誰的光榮。你知道了麼？」

「謝謝你。」她有很不平常的笑容。於是我說：

「我很奇怪，你怎麼有這樣的一個毛病，沒有人知道你麼？」

「沒有，沒有，」她說：「也許我母親。」

「你母親？」我問。

「是的，我想。」她說：「你知道我父親很早娶了一個很年輕的妾，我們住在一起，她頂愛買新鮮的玩意。我那時候才十歲，我常常偷偷地拿了給我母親。我母親那時並不年輕，也用不著這些東西，但也許是妒嫉，她很喜歡有，所以對於我這種行為常常是誇讚的。慢慢的看到了新奇的東西就不知不覺的被它誘惑了。」

「啊，可能就是這樣關係，那麼以後就不能改掉了？」

「我很想改去，但到臨時總是不知道怎麼回事。我像被催眠一樣失去了自己。」她說：

「奇怪的就是我對於男人的東西，不會有這種變態的欲望。」

「但是昨天的香水……」我說。

「昨天我旁邊有一個太太，在買這香水，店員拿出了兩瓶，我看那位太太把香水放進手皮包，我也就……總之，不知怎麼回事，我竟無法逃脫這一瞬間的誘惑。」

我沉吟了一回，我說：

「家禾，我想這不是不能夠克服的事，你必須時時想到你的地位，你的美麗；你必須自信，只要你願意，你隨時可以正大光明的征服世界，怎麼可以讓這些誘惑來征服你呢。」她忽然閃動了一下她長長的眼睛說：

「我想我以後也許會容易克服一點。」

「怎麼？」

「因為現在總算有人知道了我的祕密，你是母親以外第一個人。」但她忽然改變一下口吻又說：「其實母親也並不知道這個習慣竟成了病態，也不知我在外面也常發生這類事情。這世界你是唯一個知道我祕密的人，我希望你會幫助我克服這個毛病。」

「自然，我要盡我的力量。」我沉吟了一回，注視著她，我說：「你知道我妻她們也懷疑你拿她們的東西麼？」

奇怪，家禾的臉突然紅了，她垂下了視線。我拉了她的手說：

「家禾，相信我，讓我幫助你。我決不告訴她們。讓全世界只許我一個人知道你的祕密。但是我希望你聽我話，我先要恢復她們對你的信心。」

她忽然縮回手，往皮包裡拿她的手帕揩她突然流淚的眼睛。

「你明天先把那支口紅同那雙玻璃絲襪交給我，我替你想法子放在她們那裡，讓她們自己去發現她們並沒有遺失。」

她點點頭，突然啜泣起來。我從來沒有看見她哭，昨天是第一次，今天是第二次。昨天的環境似乎還不許我發覺，今天，靜坐在她的對面，天已暗了，座上是一盞柔和的燈光，在燈光下面，她的啜泣使我想像到月季花在風雨中的顫搖，我在可憐她，我在愛她。我抽起一支煙說：

「家禾，不要哭。要堅強起來，你知道這些不是你的不好，是一種病，同瘧疾一樣，發起來你自己是不知道的，這沒有什麼可恥，但是必須醫治，是不是？」

她點點頭。

時間已經不早，我約她明天把口紅與襪子送到我寫字間，我當時就送她回家。我自己回到家裡已是吃飯的時候，妻迎著我，我發現妻竟有她過去所沒有發現的美麗，她的無邪的心靈也許早已忘去我討厭她疑心家禾的事情，然而她的疑心竟是有根據的。

五

第二天我收到了家禾送來的一包東西——口紅與襪子。她沒有找我，只是交給收發處就走了。我回家的時候則只帶了口紅，我偷偷地把口紅放在梳妝台後面的木沿上。我又在一個妻到黛蕊家打牌的日子，帶了襪子去看她；我在浴室裡把襪子散亂了偷放在浴缸下面的暗角裡。我做這兩件事情，當然很容易不讓任何人知道的。

隔了三四天，我看妻還沒有發現口紅，於是我故意把領帶的別針掉入梳妝檯的後面，我要妻幫我抬開那個梳妝檯。我照著手電筒，懇妻為我拾別針。

「啊！」我知道妻已經發現了口紅。我說：

「什麼？」

「我的那支口紅。」她拾了別針與口紅站起來。

「什麼口紅？」我裝著早已忘去似的問。

「那支丟了的口紅。」她把別針放在梳妝檯上，把口紅遞給我看，我接了口紅說：

「真的，怎麼會在那裡？」

妻忽然楞了一回，突然說：

「那太對不起家禾了，我竟一直以為她是眼孔很小的人……」

「啊，那有什麼，你又沒有當面得罪過她。」

「不，不，」妻沉吟了一回，好像很激動似的說：「我要去找她，我要什麼都告訴她，我要對她懺悔。」

「你真是小孩子。」我說。

「我先打一個電話給她。」妻很急要跑出去。

我拉住了她，我抱了她，我吻了她，我說：

「你這樣反而不好，她反而被你弄得莫名其妙了，是不？你已經知道了她，以後不是日子正多，她還是我們的朋友，是不？」

妻真是好孩子，她居然奇怪地流淚了。

……

這以後，沒有多久，妻忽然告訴我黛蕊也找到襪子，說是在浴缸底下，大家猜是野貓帶進去的。黛蕊因此也覺得很對不起家禾。

我趁此機會，第二天就請大家在仙樂跳舞。從此，大家似乎對家禾都恢復了信心與愛，妻對家禾更特別親熱起來。我心裡自然很高興，偶而同家禾單獨在一起，也不再提起這些事情了。

日子過得很快，春天過去了是夏天，夏天裡妻的哥哥大森忽然帶著他的未婚妻到了上海。他的未婚妻叫愛茜，圓圓的眼睛，圓圓的臉龐，身材小巧玲瓏，說話快得像鳥叫，很活潑天真，我們都很喜歡她。據說她叔叔是一個美國華僑，很有錢，她在美國也住了四五年，她會好些種語言——國語，上海話，英語，廣東話，潮洲話。

他們到了上海，少不得我們同他們一同玩玩。有一天大家在百樂門跳舞，座上愛茜寫了一個姓名地址給另外一個小姐。黛蕊發現了愛茜的一支自來水筆很別致，寫好了，大家就傳著來看。愛茜告訴我們這是瑞士貨，是她叔叔送給她的。這支自來水筆很短很小，筆杆全部是翡翠的，上面鑲著非常精細的金練，一看就是華貴而不見得是實用的東西。

「小巧玲瓏，精緻華貴，」我看了，傳給旁邊的妻玩笑地說：「像愛茜的人一樣。」

妻看了又傳到右面，大家都對這支筆讚美羨慕。到從蘇既遂傳到家禾的手中，我突然發現家禾的神情有點異常，她嘴唇顫動，眼神凝斂，手指有點抖索，她看了好一回，就交給了大森。大森的右首就坐著愛茜，這枝筆已經傳閱一圈，愛茜就納入了手皮包中。我很留神家禾，但這時我看她已經恢復了正常。

音樂響的時候，大家去跳舞了，家禾忽然拒絕了老蘇的請舞，我要老蘇同我妻去跳，桌上現在只剩了我與家禾。

家禾忽然坐到愛茜的位子同我說幾句話，接著她站起來到小間去。一切都很自然正常，我很安心。她走後，我在看舞池裡的人，一直到她回來，她還是坐在我的旁邊。她好像告訴我，她覺得大森同愛茜好像不是很調和的一對。

不一回，她又回到自己座上去喝茶，於是又打開錢袋拿手帕揩手，一切都是很自然，但不知怎麼，我恍然悟到她到化妝間去所拿的錢袋是愛茜的錢袋。我搶著坐到大森的位置上面，我伸手去拿家禾的錢袋，她吃了一驚，先還矜持，但隨接鬆了手，接著她臉一紅，突然哭了。我握著她的手，緊緊地握了一下她的手，堅定的說：

「到小間去，你快到小間去。」

我從她錢袋中拿出愛茜的自來水筆，把錢袋交她，催她說：

「你快到小間去歇一回。」

她終於聽我的話，拿著錢袋走了。我把愛茜的筆重新偷偷地放到愛茜錢袋裡。

家禾出來的時候，跳舞的人都回座了。她露著非常疲倦的神色說是有點頭痛，我勸老蘇先陪她回家去休息，家禾也以為我的話是對的。我送老蘇同家禾到了門口，看他們跳上了汽車。……

六

這件事情發生以後，我想到這些日子來我竟忘忽了家禾的病症。我心裡非常為她難過，我覺得我有勸她自己告訴老蘇的必要。

但接著三四天裡面我都沒有看見家禾，有一天在寫字間裡她忽然來了一個電話，聲音有點特別，她說：

「我在國際飯店五百十四號房間，你馬上來看我好不好，我有要緊事情同你商量。」

「再隔一個鐘頭，可以麼？我現在……」

「最好快點。」她說著就掛上了電話。

這把我弄得真是莫名其妙，她為什麼到國際飯店開房間？是不是老蘇發現她的祕密了？或者同老蘇吵架？或者……突然，我想她不要開個房間去自殺了。我一想到那裡，就擱置了一切事情，馬上趕到了國際飯店。

她坐在沙發上，神情很正常，只是有點疲倦不振，眼睛好像缺少睡眠。她一看是我，就站起來迎我說：

「啊，你來了！」
「怎麼回事？」
「你必需救我。」
「怎麼啦？」
「你必需幫助我克服我的毛病。」
「怎麼回事？我們坐下來談。」我說。
家禾於是坐在原來的沙發上，她要我坐在她的旁邊。她說：
「昨天我同既遂去看電影，我旁邊坐著一位太太，她襟上有一枚別針，……啊！我又犯了老毛病。她抓住我手，別針掉了地上，他旁邊一個男人，就同既遂吵起來。他說我是小偷，既遂打了他，兩個人就打了起來，既遂的頭部受傷。我伴他到醫師那裡，……既遂說要同他打官司？」
「打官司，」我說：「這幹嘛？我去勸他去。」
「我已經勸阻了他。」家禾說：「但是你必需救我。」
「我當然願意，但是我有什麼能力？」我說。
「你愛過我，是不？」
「當初，你有什麼不知道。」
「你還愛我麼？」

「當然，」我說：「我們誰都愛你。」

「你知道我祕密後還愛我麼？」

「你以為愛情是這樣脆弱麼？」我說：「我不是告訴你，這不是你的不好，是一種病，瘧疾一樣的病，我難道因為所愛的人有瘧疾，我就不愛她了麼？」

「你真的一樣的愛我？」

我點點頭。

「那麼讓我們大家離婚，讓我們在一起，只有讓我同你在一起，我有信心克服我的缺點，我有信心控制我的心理。」她說：「你知道我一直愛你的，只是當初你並不想結婚，而我，我……」

「家禾，但是這已經是太晚了。」我說：「我們現在是很好的朋友，站在朋友地位，不也可以幫助你一切麼？」

「但是這是不可能的，」她說：「你是唯一個知道我祕密的人。」

「家禾，」我說：「我正要同你說，你應當也把你的祕密告訴老蘇。」

「為什麼？我絕對不。」她忽然抬起頭正色地說：「我已經被你發現……」但忽然她又溫柔下來，她說：「但是你是愛我的，你救我，你幫我，現在我要你改造我。」

「自然我願意，」我說：「但是你想，離婚，這要牽動多少人，牽動多少事？而且老蘇是我的好友，妻是我所愛的，為什麼要使大家都傷心呢？」

「但是他們都是健全的人，他們隨時都有幸福，而我是一個病人，只有你可以救我。」她的感情忽然非常激動。

「家禾，冷靜一點，好不好。」我說：「我想只要你把你的祕密告訴老蘇，他可以救你的，也許比我可以救你的還多。」

「我試過，我從嫁他第一天起就想這樣做，但是不可能，絕對不可能。」

「為什麼呢？我知道他珍貴你，他一定原諒你，一定會……」

「不，你不要再說下去了。」她說：「昨天我勸阻他不要打官司時，我還想對他坦白我的祕密，但是不可能。」

「可是，假如我不發現，你也不會相信讓我知道你祕密是於你有益的。」

她突然緘默了，隔了許久，我說：

「你再考慮考慮。」我說：「照我想，你們最好到別處去走走，避避暑，玩幾個星期，在風景很好的山上或者海邊，沒有吵鬧，沒有別人，於是你找一個機會，靜靜的把你的祕密一步一步告訴她。」

「但是我愛你，我現在只覺得只有你一個人可以知道我的祕密。」

「那麼，如果那天在永安公司，同你在一起的不是我而是他呢？」

「那我怕我只好自殺了，」她說：「不瞞你說，我想到這裡開房間實在是為自殺來的。」

「這什麼話？」我馬上站起來說。

「你放心，我現在已經沒有這個意思。」

「你有什麼東西藏著，交我。」我說。

「我交你，交你。」她站了起來，她拿起床上的錢袋，她從裡面摸出一個瓶子，她交了我。

我接過來，我看到是一百粒裝的安眠藥丸。這時候，我不知怎麼竟被她感動了，我說：

「家禾，如果你真是愛我的，你聽我話，你同老蘇到廬山或者青島去住一個月，你必須盡力試試把你的祕密告訴他。你可以告訴他世上還有我也曉得你祕密的，只要我同他合作，我相信一定可以使你克服一切的困難。」

她緘默了，頹然坐在沙發上，隔了許久，她嘆了口氣說：

「好，我去試試看。」

家禾接受了我意見我很高興，當時我就伴她一同吃了中飯，退了房間，為她叫了車子，於是我帶了那瓶安眠藥回到寫字間去。

七

蘇既遂的頭部傷得不輕，我去看他的時候，他還是沒有去掉綳帶。他只告訴我那天有人侮辱家禾，打了架，他想起訴，倒是家禾勸阻了他。我當然裝著一點都不知道，只是說為這點小事打官司有什麼意思。老蘇忽然說：

「我們打算到廬山去住一個月，你們也一同去好麼？」

「真的，什麼時候？」我說。

「等我傷好了，大概不出十天。」

「我恐怕走不開，」我說：「你有工夫陪家禾去玩玩再好沒有，本來這裡也太熱。」

「你想辦法也一同去，熱鬧一點。」

「你們先去，」我說：「我想想辦法看，要是走得開，我再來。」

……

我聽到他們要去廬山，當然很高興，我於第二天去定了一只金質的指環，是平闊的線戒，上面我叫他們刻了一圈字，那是：

「不要遺失，不要遺失你的自己。」

我在一個同家禾單獨在一起的機會，把那指環送她，我為她戴在她的手指上。

這原是一只很平常的指環，但是她竟感動了。她凝視了許久，接著泫然地望我，突然她擁吻了我。

幾天以後，他們動身了，我與妻到碼頭上去送他們。妻同家禾很有點依依不捨，她再三叮嚀家禾寫信給她。

兩星期以後，妻接到了她信，家禾在信裡極力鼓勵妻勸我一同到廬山去玩，難怕是只去兩星期。

在妻接到信的第二天，我在寫字間裡也收到家禾的信，這封信竟非常出我意外，她寫：

D.Y：沒有再比你的禮物為可貴了。我在收受時就感到了它暗示性的魔力。在船上，它已經兩三次鎮壓了我心底跳動的魔障。

你對我的信心與愛似乎都在你的禮物上，我已經相信我無需再讓世上第二個人知道我的祕密，這醜惡，這夢魘將永遠留在你一個人的記憶裡，而你知道這只是一種可憐的病，你挽救了這個絕症。

現在如果你再看見我，我相信你會發現我同你太太是一般的美麗。我同時寫信給你太太，我希望她會帶你來此。祝你：

美麗。

禾　七月二十日

P.S一個女人的祕密在誰那裡，她的心也會在他那裡的。

私奔

一

在楓楊村，人們大都姓楊，我不姓楊，但我母親姓楊，所以也有機會在那裡長大。我一直在外祖母的家裡。

人們在那面是這樣的親切，不論貧富，一切的稱呼都是伯伯叔叔，公公婆婆，哥哥弟弟。村裡貧窮的人輩分都大，而富有的大概輩分都小。那似乎很希奇，實則是很平常的，因為有錢人家的孩子結婚都早，貧窮人家的孩子結婚晚，所以有錢人家的成人，有時要對貧窮人家的小孩叫公公與叔叔。但是年代久遠的家族關係，有時候也很難弄清楚，那時候大概為著客氣與禮貌，大概都根據年齡隨便加一個稱呼。

我是外姓人，不知開始為大家對我外祖母客氣呢，還是別的，大家都叫我小弟弟。不論老幼貧富大小，以及遠處來的客人，熟識的小販，甚至外村的過客，後來也都叫我小弟弟。

據說我小的時候的確是很討人喜歡的，我現在回想起來也是，好像楓楊村的人，沒有一個不是對我很好。兩三次暑假寒假我離開楓楊村到上海去住，我還是想念那裡的生活。那時我姐姐她們都要學鋼琴，坐汽車；而我獨想到外祖母家閑蕩，所以我父親認為我是一個最沒有出息的孩子。

在上海，我們的房子很小，但不是太壞；可是我不喜歡那狹小的弄堂，夏天傍晚時候，擠滿了不認識的孩子，騎車，溜冰，打球，噪鬧！在楓楊村，出大門就是曠野稻場，我們玩得是多麼痛快。在上海家裡的人都在歌頌自來水浴室，可是我總覺得沒有楓楊村的溪河好玩，洗澡、游泳都比上海好。上海要游泳，那時候必須加入青年會。同游的人都不認識，大家穿著花花的游泳衣，好像都不很自然。但是姐姐總要說這是文明，鄉村游水是野蠻，不知道她是什麼地方聽來的話，我總覺得這話是不對的。

我自然也不喜歡上海人，甚至我的姐姐——在鄉下，我們叫一切住在上海的人都是上海人，姐姐當然也是上海人。他們好像都有點看我不起，老是叫我鄉下人。

是的，我是鄉下人，我喜歡楓楊村裡的人的，正如他們喜歡我一樣。在楓楊村，同我姐姐年齡相仿的姑娘們很多，似乎個個都比姐姐可愛；她們裡面，我頂喜歡的是翠玲姐。

翠玲姐也不姓楊，也不是在楓楊村長大的。她到楓楊村來是很晚的事，說是父母過世，她來依隨外祖母的，她的外祖母我叫她惠莊婆，是在望叔家裡做活的。她住在望叔家裡，翠玲姐也住在一起，有時候幫她外祖母做點零碎的事情。

似乎村裡的姑娘們都比翠玲姐有錢，穿得也講究，可是奇怪，翠玲姐總比她們好看。她隨便穿一件布衣布褲，總顯得她是與眾不同。那時候村裡姑娘的打扮是長長的辮子，兩條或者一條，記得上襖的袖子是倒大的，衣襟長長的垂到臀部，兩側支開著，下面是長長的褲子，褲腳時新很大；但是翠玲姐的褲腳大得很恰當，衣襟外支著，也不像別人一樣，像多出來似的，這想是她身材勻稱關係。我知道她的衣裳都是她自己做的。她有二條烏黑的長辮，鵝蛋臉，大眼睛，小巧的嘴，笑起來從不露她的牙齒，而我知道她有極其美麗的牙齒的。她的手臂丰腴而不顯胖，似乎特別柔軟，碰到它，真像是碰到了牡丹花的花蕾。我說她可愛，不希奇，村中的人個個都喜歡她。望嬸更是當她自己的女兒般的，把衣裳、胭脂、香粉都送給她，但是她似乎不愛穿花衣裳，也不愛用脂粉，我從來沒有看見她同別人 樣花花綠綠的打扮過。

離楓楊村附近，有一個張姓的義莊辦的小學校，楓楊村的孩子也都到那面上學，我也是那裡的學生。那裡的教員都是城裡一個師範學校畢業出來的，同我們很好。傍晚時候，學校放學了，我們學生也常常同先生們一同散散步。不知哪一個機會，他們竟看到了翠玲姐，他們就在我們那裡打聽，問她的名字囉，是誰家的誰囉，一時好像起了很大的波動。

現在想起來這當然是很自然的。在那偏僻的鄉下，外鄉的青年人在教書，看到可愛的異性自然變成了他們談話的資料。但當時我不知怎麼，竟對這些先生們起了很大的反感。

其中有一個姓史的教員，是教我們算術的。當時我的算術成績很好，所以他很喜歡我。有一次放學的時候，他拉我一同到河邊去散步，忽然問我翠玲姐是不是讀過書。我知道翠玲姐是在別處小學畢業的，她的功課很好，我們有算術做不出的時候，常常去問她，她從來沒有想不出的。我當時就非常驕傲的說她自然讀過書。

史先生聽了竟非常高興，他忽然說：

「你幫我做一件事好不好？」

「什麼事？」我問。

「不過你不許讓別人曉得。」他忽然拉著我的手說。

「什麼事？」

「也不要告訴別人，也不要告訴這裡別的先生。」

我當時很奇怪，怎麼史先生的事竟不想給別的先生知道，倒要讓我知道了。我又問：

「什麼事？」

「你答應了我再告訴你。」史先生說。

我當時大概為想知道這件事，所以就答應了他。他忽然從袋裡拿出一封信給我，厚厚的，叫我祕密地交給翠玲姐。

我拿著這封信回去，沒有回到外祖母家裡，就先去看翠玲姐。我那時候是十二歲，是我第一次做偷偷摸摸的事情。當然我又怕惠莊婆，又怕望叔，又怕望嬸，我的心直跳。我把翠玲姐拉到院中，那時天色已晚，院中很暗，我把信交給她，告訴她是史先生叫我帶給她的。

翠玲姐接了信，忽然笑了一笑，她的臉，在黃昏的院中竟顯露出奇怪的明亮，我覺得她實在好看。那時候我記得她是十七歲，我是十二歲，但是她比我高不了多少，她忽然把手搭在我的肩上，挽著我一面走一面說：

「你把信還他，你說我不識字好了。」

「但是我已經告訴他……」

「那麼你就說我還他好了。」她說：「用不著同他說什麼。」

「好的，好的。」我說著接過她交給我的信，納入了袋中。

「你頂好不要給別人知道也不要給別人看見。」

「好的，好的。」我說著，不知為什麼，我心裡竟非常高興。我說：

「翠玲姐，他們都很討厭，是不是？」

「你以後不要管他們閒事。」

「我願意聽你的話。」我說著就拉著她的手，我有一種說不出的安慰。

第二天我把信還給史先生，史先生非常失望，他問翠玲姐有說什麼沒有。我很驕傲的回答他說：

「她叫我還你。」說著我就走了。

我當時竟不知道我是殘忍的。

史先生以後很少說話，也不同我們一起玩了。他教完了那學期，以後就沒有再來。

二

惠莊婆同外祖母都知道我同翠玲姐好，愛同她在一起，愛聽她的話。所以當惠莊婆到外祖母地方來，總要拍拍我，而時常對我外祖母開玩笑說：

「我把翠玲配給小弟弟吧，我們也對一點親。」

「好極了，只要你捨得。」

「你捨得？」

「現在翠玲就到我這裡來好了。」外祖母笑著說：「他們可以像姐弟一樣在一起多好；我也可以熱鬧一點。」

我聽了這些話，心裡竟有說不出的高興；但是聽到後來，不是外祖母就是惠莊婆總是說：

「可惜翠玲太大了一點，不然倒是天生一對。」

我心裡很不服氣，翠玲姐雖說比我大幾歲，但是高不了我多少，我相信我就會追上她的。

我當時當然不知道結婚是怎麼回事，但是我知道結婚是在一起。在一起，我同誰在一起都沒有感到同翠玲姐在一起快活，我常常愛同她在一起，我常常愛去看她。我對她會說許多對別人不說的話。

但是史先生一般的傷心事我也開始經歷到了。

是一個熱天的早晨，我已經放假，外祖母規定我每天早晨要寫些大楷、小楷。我記得那總是在我們後院裡，因為那裡早晨曬不到太陽，後院的牆邊我們種滿了鳳仙花與雞冠花，熱天裡正開遍了紅花，還有一珠很高的桂花樹，在花壇裡，樹上噪切著蟬聲。那天我正在磨墨，外祖母就坐在我對面梳頭，惠莊婆來了。她每次來總要先同我說幾句話，但是那天很不平常，沒有理我，一逕就同外祖母說話了。

外祖母招呼了她，惠莊婆就坐在我的左首，她忽然說：

「你想這件事情到底好不好？我真決不定。」

「望叔同他們到底熟不熟？」

「他叫我放心。他說下家家風很好，他知道得很詳細。」

「男孩子是幹甚麼的？」

「在上海做五金生意。今年二十三歲。」

「望叔看見過他沒有。」

「沒有，」惠莊婆說：「但他知道他家裡也有二十畝地，鎮上還有一個油坊；男孩子在上海做生意，現在也有十幾塊錢一月了。」

「家境倒是其次，只要這個男孩子好。」外祖母說。

「像我們這樣，能夠配他們那樣人家也不錯了。」惠莊婆說：「我想望叔來說的，當然可靠，不過男人家總粗心，頂好讓我看看那個男孩了。」

「他們有把照相帶來給你看麼？」

「沒有。」惠莊婆說：「照相也沒有什麼用處，頂好見見面，是不是？」

…………

我一面磨墨，一面心裡忽然不安起來。我敏感地知道她們說的是翠玲姐，她們竟要把翠玲姐嫁給上海人了。聽到後來，我的心又著急又傷心，我就離開那裡，我跑到裡面，穿到前院，出了大門，我一逕去找翠玲姐。

翠玲姐正在前院的屋檐下，大概看到我有點慌忙不安。她放下手裡的正在縫綴的針線，非常關心而溫存的問我：

「小弟弟，怎麼啦？」

「我……」我剛要說什麼的時候，看見有別人來了，我就拉著她說：「我們到外面去走走好不好？我有話告訴你。」

外面，我們常常是指大門的外面。那裡是稻場，田野，靜謐的小河，安詳的墓塋；這些地方是我們常去玩的地方。通常都是三四個村中的男孩子在一起，我們會在稻場上踢小球，小河裡捕小魚，墓塋的石欄中捉迷藏，樹叢裡採野果；翠玲姐也偶而會同我們一起，總是在黃昏的時候或者是夜裡。那時天邊常有五彩的天虹或者是燦爛的繁星，常常四周還有閃爍的螢光。同她在一起，我們可以什麼都不玩，但有特別的趣味。她會採幾根草，編一個玩意，她會講一個故事，她會叫我們去採一束野花，綴在頭上。凡是她所倡導的，我們都喜歡。但很少是同我單獨兩個人的，也很少是在早晨。

而現在，她拉著我的手，我們倆個人走到外面，太陽非常刺目，到處有喜鵲，有麻雀在叫，她揀著樹蔭與牆影的地方走。大概為怕我曬太陽，所以拉我靠在她一起。我時時注意看她，她實在並不比我高多少。我沒有說什麼，她也沒有問我。一直到小河旁邊，那裡有幾顆大樹，樹下非常清蔭，那是我們常去的地方，所以很自然的就在那裡站住了。

她還是沒有問我什麼。在我後來長大的時候回想起來，我相信她那時候一定已經猜到我為什麼這樣慌忙不安了。最後還是我自己說的，而我竟不知道怎麼措詞，我說：

「翠玲姐，我聽外祖母同惠莊婆在說，說堂叔要把你許配給，給一個在上海做五金生意的人。」

「啊，」她笑了，很自然的說：「外祖母老年人，總是這樣。」

「你喜歡麼？」我奇怪了。

「我喜歡不喜歡有什麼關係？」她很自然的說：「每個女孩子大了總有一天要嫁人的，是不？」

「但是嫁給上海人……」

「你不喜歡我嫁人？」她忽然笑著問我。

「你嫁人了，我們就不能在一起。」我說。

「我們自然還可以在一起，你可以常常來看我。」

「那不一樣。」

「那怎麼不一樣？」

這個我可說不出來了，我半晌無語，忽然我說：

「她們怎麼老說你比我大得太多，其實我同你差不多高。我慢慢的總會比你高的，是不？」

「自然，再隔兩年，你就會比我高了。」

「那麼為什麼……？」我楞在那裡說：「惠莊婆怎麼不肯把你許配給我？我們可以常在一起。」

「啊，」她忽然一只手握在我的臂上說：「你是小弟弟，是不？你是我小弟弟。」

「但是我會長大，我馬上會是大人。」

「你不知道，你曉得女人都容易老；等你像季明這樣的時候，我已經是老太婆了，是不？」

我沒有說什麼，但是我不相信她的話。我楞在那裡，半晌她說：

「我們回去吧。外祖母老人家，喜歡叫望叔做媒啦，什麼啦，讓她們去說好了，反正我不嫁人。」

「你真的不嫁人？」

「現在還早，是不是？」

我沒有說什麼，一面就跟她走了回來。我雖然還沒有恢復我的迷茫，但是翠玲姐的話的確給了我不少的安慰。

三

日子在火熱中過去，後來也沒有聽見外祖母與惠莊婆說些什麼。我同翠玲姐見面，也從未再談起這件事情。但是翠玲姐所說的，我同季明一樣大的時候，她會已經老了，這句話則時常在我心裡浮起，尤其在我同季明哥在一起的時候。我是多麼羨慕季明哥啊！

季明哥也是外鄉人，據說是能海人，在我小時候，覺得那地方是很遠很遠的，實則不過是鄰縣，那邊是山鄉，土地較貧瘠。在那面，人都愛到我們地方來。在收穫的季節，他們一群一群來做幫工。有的混熟了，也就待下做長工。但是他們不愛在我們那裡置田地，他們做了一年兩年，積累的錢就可以在家鄉買許多田地了。所以他們一面在楓楊村這種地方做雇農或佃戶的，常常在家鄉是一個地主，有的在我們縣裡做了十年廿年，回家就可養老。在楓陽村有一個叫金發的，我們都叫他金發伯伯，他已經住了十五年，專種楓楊村義莊裡的田。據說他在家鄉已經置了二座山八十畝田地；那時他似乎常常說起預備再做五年就回家去養老了。季明哥哥就是金發伯伯帶來的。他那時是二十一、二歲吧，有非常壯碩的體格，剪著短短的頭髮，高高的鼻子。他力氣很大，不知怎麼，許多人傳說他在家鄉打死過老虎。孩子們問他，他總說哪有這事？不過我們好像都以為他客氣。在楓陽村附近的廟會場合，廟門外稻場常有人玩著石輪在舉重，我看見過季明舉起別人所舉不起的大輪。他人緣非常好，隨便什麼人叫他做什麼事，他總是非常愉快的，熱心地來幫忙。挑豆挑茄，派到城裡去買東西，諸如此類，他都高興。外祖母也常常派遣他，他做了事以後，外祖母就請他在我們家裡吃飯，這是我難得的機會可以同他在一起。他總是很忙，大部分自然在田作裡。他整天哼著歌，這些歌是他們家鄉話，我們都聽不懂，但我覺得很好聽。唱著歌，做什麼事他總像輕而易舉，大冷大熱天他似乎不十分覺得。全村的人們都喜歡他，尤其是我們兒童，把他簡直當作英雄。我記得有兩件事給我印象最深。

鄉下有一種柏樹，樹很高很大，但結著很小的果子，這果子不能吃，但很好玩。我們把它塞在小小的竹管口，用竹棒一統，發出「拍」的一聲，我們當它是槍。這些果子的硬度與大小似乎非常配我們手頭的竹管，一時風行，小孩子大家都搶柏樹果。但是這柏樹很高，我們爬到樹上用棒打鞭擊，但掉下來總是有限。有一次我們正在打柏樹果的時候，季明哥剛剛走過，我們就求他幫忙。他放下扁擔，像猴子一般的很快的爬上樹去，折了幾只樹枝給我們。我們摘了每人滿滿一口袋，我們真羨慕他的本領。

還有一件：是我們門口的的小河上常常有小船駛來；有一次，我們發現一只空的小板船在河埠上，我們三個小孩就跳了上去，解開船纜，用一根竹竿支撐開去。誰知那天潮水很急，到了中流，水深，竹竿也不夠長，船就順著水流了下去。起初我們很開心，接著我們就害怕起來，一個九歲的小柄竟駭得哭了，我也不知所措。還有一個是楊八志，他就大聲叫了起來。岸邊來了三四個人，但都在上面嚷叫，叫我們橫過來，叫我把繩抛過去，都是些我們做不到的事。最後季明哥來了，他什麼都沒有說，很快的脫下衣服，跳下水去。一游兩游就把我們的船推倒岸邊。岸上的人都責罵我們，但是季明哥並不責怪我們，他還同我說：

「小弟弟，天熱了我教你游水。」

當時我們的心神未定，並沒有注意他的話，我們只是求他不要告訴我們家裡知道，因為知道了少不得要罵一頓的。後來我外祖母還是知道了，但並不是季明哥告訴她的。

雖然季明哥在我印象中很深，但自從翠玲姐提到了我像他那麼大的話，我更加注意他並且羨慕他了。我時常想接近他，我好幾次求他教我游泳，但是他總是很忙，只有晚飯後短短的時候我可以看到他。

而就在那個夏季，一件奇怪的事情發生了。

惠莊婆很焦急的同我外祖母來談，說翠玲姐有幾天天沒有亮就起來，到季明哥的牛車盤去，好像是一件了不得的大事。那是夏天，稻田裡非常需要水，季明哥要一早就牽著牛去趕水。我也常常到那面去玩，看著牛一步一步安詳地走，車盤旋轉著，水車軋軋作響，水一隔一隔的從水車車上來，到了溝裡，裡面常常浮著許多小魚，這些都很有趣。到那裡去看看有什麼不好，為什麼惠莊婆會當作一件大事呢？我記得外祖母說：

「翠玲也大了，那家人怎麼樣？照相怎麼還沒有寄來？我想還是早一點給她配人家吧，你也了一件心事。」

……

雖然大人們不讓我們小孩子知道，可是我看出他們看這件事情很嚴重。這些人態度都有很大的變化，指指點點的談話也多了起來。望叔在找金發伯伯，金發伯伯在找惠莊婆，惠莊婆又找我外祖母，但是他們的談話我無從知道。我不時去找翠玲姐，但是翠玲姐也沒有同一前一樣對我親熱了。她似乎很有點心事；季明哥呢，也稍稍同以前有點不同。

但是這日子似乎沒有過多久，忽然有好幾天不見季明哥，我問外祖母，外祖母說：

「他回家去了。」

如今我在長長的日子中，看到翠玲姐變了，她很少說話。她喜歡一個人，她不再有笑容。這使我心裡也很難過。我很想替她分擔一點憂愁，但總是沒有機會說這話。一直到有一天，是黃昏的時候，天已經暗了，但天上還浮著紅雲，我去找她，她正一個人在院子裡。她穿一件白夏布的上衣，黑紗的褲子，露著勻稱而光膩的手臂；她的臉沉著，但大大的眼睛是流動的，她的嘴唇在顫動。看見我，她也沒有理我。我走上去，拉她的手臂，她也沒有拒絕我，我拉她到了門外。

野外一片暗綠色的禾稻已長得很高，烏鴉在樹上聒噪，四周的蛙聲抒吐大地的炎熱。她默默地跟著我走，我說：

「翠玲姐，你近來是不是很不快活？」

「沒有什麼。」她說，牽動著嘴角，似乎想露一點笑容，但沒有成功。

「我知道你不快活。」我說：「告訴我，好不好？翠玲姐。也許我可以幫你。」

她不響。我只好繼續著說：

「你不要當我是小孩子，我已經是大人，我會做許多事情，只要你告訴我，我都願意為你去辦。」

她還是不響。

這時候我們又到河邊，河水非常澄清，流得很快，樹上鳥鳴蟬噪，遠處傳來低沉的斑鳩的叫聲，四周蛙聲齊奏，在如許的聲響中，我竟感到說不出的靜寂。一回頭，我看翠玲姐的眼角竟浮出了淚珠。我說：

「翠玲姐，怎麼了？是我不好麼？」

「你怎麼會不好？小弟弟。你是我小弟弟，慢慢你大了就曉得……」說到那裡，她竟哭了起來。奇怪，一瞬間，我也說不出什麼，我鼻子一酸，也流下淚來。

四

離楓楊村四里路是白虹鎮，那裡有各種鋪子：水果店、蔬菜店、肉鋪、海味店、……不用說還有洋貨店、雜貨店，那裡有許多女人用的雜物——襪子、髮夾、棉毛衫褲、絨線以及日常用的化妝品——與孩子們喜歡的玩具：小人、小馬、花鐵皮做的手槍、漆顏色的皮球……。白虹鎮是一個附近鄉下去做交易的市集，我們孩子可不常去，不過兩三星期一定會去一次的。這因為我們要理髮，而那裡是我們最近的有理髮店的地方。我有時候也喜歡到鎮上去，但最怕理髮。每次理髮都要外祖母催，而每次去的時候，她也總多給我一點錢，讓我買一點吃的玩的。

於是，就在我有一次去理髮的時候，我在白虹鎮上碰見了季明哥。

他坐在一個茶館裡，座位對著街道，他看見了我，叫我了：

「小弟弟。」

我一回頭，看見是他，我說：

「啊，你在這裡？」

「進來，進來。」

白虹鎮的那種茶館，我從來沒有進去過，因為這大概是給遠村，遠地的鄉下人來做買賣或什麼休息的。那裡面也做旅館的生意，以應遠地人等車，等船的需要。我當時看看裡面擁擁擠擠地坐著人，所以就猶疑了好一回，才走進去。

季明哥讓我坐下，他用他粗壯的手，倒了一杯茶給我。他還是同以前一樣，頭髮好像也剛剛理過，他的臉是方的，有一個闊闊的嘴，好像是經常的帶著笑容。他說：

「小弟弟，我天天在等你。我總想你是要到鎮上來的。」

「等我？」我望望陌生的周圍，忽然我覺得我應當像一個大人，我挺直了身子說：「你走，我連曉得都不曉得。」

「他們不要我在那面了。」

「誰？」我問。可是他微笑一下，很隨便的說：

「金發伯伯他們。」

「為什麼？」

「你不知道？」他喝了一口茶說：「因為，你知道，我同翠玲姐談了幾次話。」

「這又為什麼？」

「啊，」他微笑一下，又說：「因為我是外鄉人。」

「但是你不是上海人。」

「我怎麼會是上海人。」他笑了，忽然說：「要是我在上海做事，那麼惠莊婆也許反而喜歡了。」

其實這句話我並不十分懂，但是我是要像一個大人的，所以不求甚解的說：

「我的爸爸媽媽姐姐都在上海，但是我不喜歡上海人。」

「不過翠玲姐同我很好。」季明忽然驕傲地說：「我知道她同你一樣，不喜歡在上海做事的人，她一定肯嫁給我，同我在一起的。」

他這句話忽然指破了我一直糊塗著的疑團。我沒說什麼，我望著他，他於是接下去說：

「當然她沒有同我明說過，我也不能十分確定。我等你來，希望你可以替我帶一個口信。」

「口信。」我說：「什麼口信？」

「你可不許告訴別人。」他說：「假如你不喜歡，你不帶也沒有什麼，不過你不要告訴別人。」

「我不告訴別人。」我說。但是他忽然說：

「你知道望叔在替翠玲姐做媒人麼？一個在上海五金店學生意的人。」

「我知道。」

「你知道翠玲姐喜歡嫁那個人嗎？」

「我不知道。」

「所以我托你帶信，讓你偷偷地告訴她，今天十五，十六十七十八，十八早晨五、六點鐘，我搖一隻船在楓楊村河埠裡等她。倘若她不願意嫁給那個上海人，她可於五、六點鐘時候出來，我帶她逃走；如果她願意的，她不來好了。我等她到六點半鐘。」

「你的意思要她嫁給你？」我說。

「這個我怎麼會勉強她？」他說：「她不願意，我會像我自己妹妹一樣養她，不過我自然希望她肯嫁給我的。」

我沉吟了半天，我心裡並沒有對這件事作是非的判斷，我只感覺到這是一個很嚴重的事情。最後我說：

「季明哥，我答應你，我決不把這件事情告訴別人。不過，我想這是一件很大的事情，我要看到翠玲姐才能曉得我要不要告訴她。」

「那麼，」他忽然說：「我於十八那天早晨一定在河埠等她，如果你沒有告訴她，你肯來看我一次嗎？」

「自然，自然。」我說。

「小弟弟，我以後也不知道什麼時候可以再看見你了。」

「怎麼？你是不是回能海去？」我說：「我大了也許會到能海來的。」

「我回去一趟，」他說：「但是我就要出來，也許到上海去看看，我有力氣，哪裡不可以賺飯吃，能海那個窮地方，我不想長待。」

這以後我就沉默了，我小小的心靈一時竟有了從未經驗過的說不出的一種感觸。他也不再說什麼，望著街道上來往的行人。我跟著他看看市街，市集已逐漸散去，街市已經冷清下來。他忽然問我要不要吃一碗餛飩，我說不要，就告辭出來。

天氣很熱，太陽非常灼人。我撐著一頂陽傘，走回楓楊村。我心裡一直念著是不是應當馬上把這口信帶給翠玲姐，這冗長的四五里路途，竟不知不覺很不費力就走完了。

我到了家裡，一眼就看見惠莊婆也在，外祖母手裡正拿一張東西再看，她說：

「小孩子，很不錯。」她抬起頭來又說：「聰敏相。」

「他們也要一張相片。」惠莊婆面露喜色的說：「隔天我要陪翠玲到城裡去照去。」

「我想這下子你總可以放心了，用不著再看見本人。」

「現在只怕人家會不喜歡我們，我們沒有什麼嫁妝。」

「我想翠玲這樣人才，他們一定會喜歡的。」

我就在她們談話之中，湊近外祖母身邊，我去看那張照相。

照相裡是一個穿著長衫，手裡拿一把扇子的人，站在一個石欄的旁邊，石欄上面還放一盆花。他有一個圓圓的臉，光亮的頭髮，兩面分梳著，衣服很小，緊包著肥腫的身體。不知怎麼，我一看就不喜歡，我想再拿過來看看，但是外祖母把我推開了，她把照相還給惠莊婆，她說：

「你給翠玲看過沒有？」

「看過。」

「你看她還喜歡嗎？」

「她嘴裡自然說不要嫁人，我想她心裡一定是喜歡的。嫁一個上海人，多好。」惠莊婆說。

而我可討厭上海人，尤其討厭照相裡那個胖胖的上海人。

我沒有等惠莊婆走，我就先跑了出來，我跑到翠玲姐地方。翠玲姐一個人在房間內做活，我進去了，她抬起頭來，大大靈活的眼睛表現出歡迎我的光芒，我掩上了門，我說：

「翠玲姐，惠莊婆在外祖母那裡，正拿著一張上海人的照相在為你說親。你真的看見過那張照片？」

她頭一低，皺了皺眉，不說什麼。

「難道你真願意嫁給那個上海人麼？」

「誰願意啦。」她低聲地說。

「你真的不願意？」

她不響，還是低著頭，突然她拿出一條手拍去揩眼淚。

「要是你真不願意，我想你還是跟著季明哥去吧。他今天叫我帶信給你，說十八那天早晨五點鐘，他撐船到這裡河埠等你。」我一直在考慮是否要說的話，一下子竟毫不思索的都說了出來。

翠玲姐這時突然抬起頭來，用閃著潮潤透明的眼睛看我，她拉住了我，她的手有點發抖，她急遽地問：

「你碰見了他？他還沒有走？」

「我去理髮，在鎮上碰見他，他坐在茶館裡，他說他一直在等我，想我總會到鎮上走過的。」

「真的？小弟弟，真的？」翠玲姐似乎很焦急地問我。

「自然是真的。」我說著，突然看到翠玲姐美麗的面龐透露笑容，眼睛顯示了分外的光亮。我說：

「翠玲姐，怎麼啦？你決定跟季明哥走嗎？」

「你沒有告訴別人？」她忽然說。

「我沒有告訴別人。」

「你千萬不要告訴別人。」她說。

「但是翠玲姐，你要真的跟季明哥去，可要告訴我……」不知怎麼，我心裡竟有奇怪的傷心，一時我竟嗚咽起來。

「啊，小弟弟，你怎麼啦？」

「你要是跟季明哥去，我不是看不見你了？」我說。

「我會回來看你，也會請你來看我的。」她說：「你同我寫信好不好？」

「我什麼都聽你。」我說。她忽然站了起來，拉著我的手，堅決地說：

「那麼十八號早晨，你送我好不好？五點鐘你到河埠等我。」

五

在鄉下，大家都睡得很早，但是夏天可不一樣。天熱，人們都聚在院子裡談天，講故事，說笑話，猜謎語，這是一天中最熱鬧有趣的辰光，所以我們孩子到了要睡的時候總還不肯先進去，要待大人們一次兩次催促。我是同外祖母的一個女佣睡在一間屋子的，那個女佣叫做八斗婆，是一個同外祖母有相仿的年齡的老年人。她因為早晨要早起，所以晚上也最早睡。我總是要到同外祖母去睡的時候才睡。不管天多熱，我是一到床上就睡著的。一覺醒來，八斗婆一定早已起床去燒飯了。

可是，十七那天夜裡，我跟著八斗婆早就去睡了。我一心想著明天早晨要早起，我對滿院子的熱鬧也不再留戀。但是到了床上，我竟怎麼也睡不著，我想著翠玲姐，也想著季明哥。翠玲姐住在村前，並不在我們一個院子裡，我不知她是否也早已上床，我很後悔沒有過去看她。我又害怕明天早晨我會起不來，我還設想我早起了還要不讓別人知道……想來想去，一直到外面院子裡的人散了，聽著外祖母從外面進來，才慢慢地入睡。

醒來天還未亮，我靜候窗外濛濛的天色轉白，於是我聽見八斗婆起來了。我等她出門，就馬上起來，看看桌上的鐘是四點四十分。我披了衣裳，就走到外面，大門還關著，我想到這大門要到六點鐘才開，我又到了廚房。八斗婆很奇怪我起來那麼早，我說我帳子進了蚊子，所以睡不著了。我在她那裡混了一回，我說我去捉蟋蟀，就從後門裡溜了出來。

那天外面的霧很大，抬頭看不見天，地上都是露水，清涼的空氣浪蕩著鵲叫雀鳴，露草間蟲聲唧唧，我匆促地趕到河埠，不知怎麼，我的心竟有奇怪的跳盪。我走下顛亂的石級，馬上發現那裡停著一只覆著一塊竹篷的船，這是一種很普通的載穀的板船，後面用櫓來搖的。但是櫓放在那裡，竟沒有人。我正想跑下去向篷內張望張望，突然，我聽有人叫我：

「小弟弟。」

發音似來自身後，我回過頭去，我馬上看到季明哥在岸上從一株樹後出來。他穿一身藍布的短衫褲，赤腳穿一雙黑色的布鞋，頭上戴一頂蓆帽。我剛要說什麼的時候，他已經奔了下來，他說：

「她知道我來接她嗎？」

「我告訴了她，她就會來的，我想。」

季明哥拉我一同到了岸上，走到樹邊，回望濛濛的晨霧，等候翠玲姐的影子。他一句話也沒有，我也說不出什麼。靜靜的河流偶而發出游魚的接喋，頭上不時有鳥叫，除此以外，沒有風，沒有人影，再沒有其他的聲音。一片寂靜中，霧慢慢的散了；我看見隱約的青山，碧綠的原野，村屋的炊煙繞繞上升，天亮了起來，東方一片紅光中推出渾圓鮮紅的太陽……

突然，季明哥拉我到樹後，他輕輕地說：

「誰來了？」

是的，我聽見急促的腳步聲，我們從樹身旁邊探視，我只看見一個白色的人影手裡提著東西走下了石級，不錯，是翠玲姐。季明哥沒有等我說話，也沒有同我說話，他很快的就竄了出去，我也急跟著他。他一躍就到了翠玲的旁邊，他沒有同翠玲姐說話。我現在看見翠玲姐拿著的是一個包袱，季明哥很快的就接過包袱，拋在船艙，馬上解開船纜，等我走到翠玲姐身邊的時候，他已經跳上了船。我拉翠玲姐的手。

「小弟弟。」翠玲一只手搭到我肩上，她突然啜泣了。陽光射在她的面頰上，我看到她出奇的新鮮與美麗。

「翠玲姐，你要寫信給我。」我說。

「我一定會……我不會忘記你的，小弟弟。」翠玲姐說著忽然從懷裡拿出一個花手帕包著的東西，她交給我，她又說：「小弟弟，你收著可以常常想到我一直會在想你的。」

我正不知道應當推謝還是接受，她已經很快的跳上了船。我看到季明哥正掌握著櫓立在船梢，我竟覺得他像我讀過的水滸傳裡的阮小七，他說：

「再會，小弟弟，謝謝你。」

我痴立在河埠上，望著船很快很快的湯開去，翠玲姐在船艙伸出頭來望我。接著船就遠了，沒有幾分鐘，船在樹叢中轉彎，我看到季明哥對我揚一揚手，此後就什麼都沒有了。靜靜的河流，清醒的樹林，在燦爛的晨曦中閃耀著新鮮的光明。我站在那裡，楞了許久，這時天突然陰了下來，起了一點風。我一步一步走上石級，心裡有說不出的悵惘。我走得很慢，但一到家門，我竟害怕起來。這時候我才意識到我手裡還拿著翠玲姐給我的東西，我偷偷打開手帕，啊，裡面是一隻銀質的指環，一邊很寬，一邊很窄，寬的一邊是兩個如意形，上面鏤著花紋，是一朵花，左右兩隻蝴蝶。我很快的把它納入袋裡，從後門走進廚房。八斗婆一看見我就責備我，她說：

「小弟弟，你看看你的腳，全是露水。」她又拉了拉我的手說：「一大早去捉什麼蟋蟀？也不多穿一件衣服，手凍著冰涼，快去烤烤腳。」她把我推進了竈後，那裡還閃著柴火的餘燼。她又倒水給我洗臉。我洗了臉，就坐在竈後，望著竈下的柴火星亮，楞在那裡，心裡只感到非常空虛，一直到八斗婆叫我去吃早飯，我又驟然害怕起來。我勉強到了裡面，外祖母看到了我，倒還是同平常一樣，但在飯桌上，看我吃不下飯，她忽然說：

「小弟弟怎麼面色那麼難看？不要是病了。」

八斗婆趕緊過來摸我的頭，她說：

「一早到外面去捉蟋蟀，也不知道多穿一件衣服。」

「真不會享福，起來那麼早幹什麼？」

「好像有點發熱。」八斗婆說。

「吃不下飯，去睡一回吧。」外祖母說。

我心裡一直有點怕，我尤其怕這時候惠莊婆會來看外祖母。我想樂得借此去躲一躲，於是我就到了房內睡下了。我的心有點擔憂，但經過早起，悵候，焦急，害怕，我實在已經很疲倦，不知不覺我就睡著了。

一覺醒來，不知什麼時候，外祖母在我旁邊，她正在摸我的額角，她說：

「這孩子真是病了。」

不錯，我覺得口乾頭暈。但我想生點病也好。翠玲姐的事情也許可以不問到我。我很想打聽打聽消息，但是我無從問起。我起來小便，覺頭暈腳軟，外祖婆叫我一直躺在床上，中飯只許我吃點稀飯，是八斗婆替我送來的。我很想在她那裡打聽一點消息，但是始終不敢開口。

下午二點鐘的時候，外祖母正在房內陪我，惠莊婆來了。她知道外祖母在我房內，就一直走進來。我的心怦怦作跳，不敢發聲，向裡躺著，閉著眼，假裝睡覺。但是我非常用心聽她談話：

「怎麼，小弟弟病了？」惠莊婆說。

「還不是不當心，早晨起來也不知道多穿一件衣裳。」

「每家人家都有每家人家事情。」惠莊婆說：「翠玲這個時候還不回來，真叫我著急。」

「她上那裡去了？」

「她上白虹鎮。」惠莊婆說：「一早就去了。昨天晚上同我說，她要到鎮上去配點料子，買點東西。她說太陽出來了太熱，要早去早回，你看這個時候還不回來。」

「啊，她又不是小孩子了，一定碰見姐妹淘，拉她去坐一回；回頭總就會回來的，你也太會擔心。」外祖母安慰著她。

一時我心裡竟放心了不少。以後她們又談到做媒的事情上去了。惠莊婆說：

「我叫她不要那麼急，隔兩天我們進城去拍照相時再去買，她一定不肯。女孩子大了，主意也多了起來。我這麼大年紀，已管不住她，我真想早點給她配一個人家，也可以省我擔心。」

「我想你不必三心兩意，這家人家差不多就算了。說到詳細，還是自己的命去碰。」

「是啊，是啊，我也那麼想。後天照了相，只要大家喜歡就定當了。沒有爹，沒有娘，我又老了，幸虧望叔幫忙，否則這樣人家，哪裡去找去？」

我聽了這些話暗暗覺得好笑，但已不感什麼興趣。以後好像她們又談了好一回，惠莊婆走了。

可是到晚上八點鐘的時候，惠莊婆又來了。這次因為外祖母在院中，所以沒有走到我的房間裡來，但是我聽見了很大的聲音，似乎不止惠莊婆一個人，七嘴八舌，聲音越說越雜。

「……她的衣服都理去了……」

「……有人看見季明在白虹鎮上沒有走，一定碰見他被他拐走了……」

「真想不到季明這樣下流……」

「明天一早先要去報警察局……」

「還是自己派人去追，總不會跑到天邊去。」

「報警察局多難聽，追回來，誰還會討她做老婆。」

「明天我先趕到能海去。」我聽出這是金發伯伯的聲音：「我想季明總還是在能海。」

……

隔了許久，聲音慢慢遠起來，似乎是望叔要他們靜靜去商量。我睡在那裡，起初很著急，後來聽他們一點沒有講到我，一點沒有疑心到我在裡面幫忙，心裡又放心起來。但是忽然我竟也懷疑到季明哥會是拐子，我聽到過什麼拐人賣出去做丫頭的故事，那麼季明哥會不會把她賣掉？我不禁害怕起來，一時我很想把我所知道的說出去，但再想想翠玲姐這麼聰明，決不會上當的，又放心下來。自然我也害怕說出去，他們也許會先把我打死，所以決定一聲不響。我袋裡還放著翠玲的指環與手帕，我很擔憂。我決定於第二天放到我書包裡的筆盒裡去，將來說起來，就說翠玲姐老早就送給我的好了。

這以後我沒有聽見什麼消息，只是八斗婆時時同我外祖母談到這件事，詛咒季明哥，惋惜翠玲姐。偶而有人進出，三言兩語都不過表示為惠莊婆憤慨與不平。我病了三天就起床了。起床後我在兒童伴裡打聽事情的發展，他們都不十分清楚，只知道金發伯伯已經回能海去了。

六

金發伯伯去了四天就回來。回來那天，全村的人都圍著他，我也湊著去聽，但東一句西一句，我也聽不出所以然。好像金發伯伯並沒以前氣憤了，他忽而拉著望叔談一回，忽而拉著惠莊婆談一回，都是輕輕的，我也聽不到什麼。第二天，似乎大家空氣緩和下來。

後來我慢慢知道原來翠玲姐是住在季明哥的舅舅家裡，做了他舅舅的乾女兒。金發伯伯勸她回來，她哭哭啼啼死也不肯回來，說是已經揀了日子就要同季明哥結婚了。金發伯伯並且再三擔保，季明哥並沒有做什麼對不起翠玲的事情。現在金發伯伯勸惠莊婆自己去一趟，他願意陪惠莊婆去。

第三天，果然，惠莊婆打扮得整整齊齊同金發伯伯出發了。我當時竟很奇怪，金發伯伯同惠莊婆一同到能海去，為什麼沒有人阻止，沒有人說什麼呢？

此後全村的人似乎都改了口氣，但是一談話總是離不開這件事情。你猜這個，他猜那個；有人說壞話，有人說好話。有人誇讚李明哥人不錯，有人怕惠莊婆一個人會上當，為她擔心；

但最後大家都好像相信金發伯伯，說是有他在一起，什麼都不會出岔子的。

白天還好，一到夜裡乘涼的時候，現在再沒有人說笑話，講故事了，大家都談這件事。有幾個七、八歲孩子拉人說笑話，大人們都喝止了他們，說大人們要談正經事。我倒是很愛聽他們談這件事。有時候聽到有人說翠玲姐，季明哥不好，我就要大聲地同他們爭辯。好在站在我一邊的大人也很多，外祖母就是一個。她說季明要是真的不是先騙翠玲什麼，倒不失是一個好人。有時候望叔過來，對於外祖母這句話也非常同意，但只是怪翠玲不好。

日子熱鬧地過著，一直到十天以後，惠莊婆同金發伯伯回來了，還帶了許多吃的東西來，分送給我們，說季明同翠玲已經在那面結婚了。惠莊婆竟變得非常開心，在我外祖母面前不斷的說季明哥好，又說他的舅母好，說他的母親也客氣，一直留她住在那面；說房子雖沒有這麼大，但是很乾淨；還說季明的舅舅在上海一家油坊裡做副手，已經叫季明到上海去，季明決定帶翠玲一同去。隔了好幾天，才對我單獨說一句話，說是翠玲姐托她帶口信，說是非常想念我，希望我哪一天可以去玩。

不知怎麼，我聽了他們要去做上海人，心裡竟不開心起來。

這以後好久好久，楓陽村裡還是一直談這件事，但是最後終於慢慢地平淡下來；只有惠莊婆還在提起，而且隨時拿著翠玲姐給她的信叫人唸給她聽，後來知道季明哥與翠玲姐真的要到上海去了。

暑假過去，學校開學，這件事情大家也逐漸忘去。只有我，每到這河埠的岸邊，我總不禁要想起那天一清早送翠玲姐上船，季明哥像阮小七一樣的站在船梢的情形。

我在楓陽村又住了半年，年底的時候，我母親來信說在上海已搬進一個較寬敞的房子，要我到上海去讀書，我心裡似乎很不滿意。她還請外祖母也到上海去住些時候，而翠玲姐在上海也一直來信叫惠莊婆到上海去玩玩，所以那次我是同外祖母與惠莊婆一同去上海的。

到了上海，惠莊婆先也住在我們家裡，第二天季明哥同翠玲姐來接她，還帶了一些吃的東西送給外祖母同我。外祖母同惠莊婆見了他們都開心得很，有說有笑，只有我竟覺得像看到兩個陌生的客人一樣，翠玲姐不斷的同我說話，但是我竟說不出什麼。

一切兒童想像中的美景似乎都在現實中消失。

季明哥的頭髮已經養長，分開著梳得很亮，他穿一件人造絲的棉袍子，小腳褲，紮著絲帶，腳上是一雙黃色的皮鞋。他給我的印象竟是當初來做媒的在五金店做事的上海人。

翠玲姐呢？她的長長的美麗辮子已經剪去，短短的頭髮燙得高高低低；她穿一件發亮的碧藍的旗袍，很短，下面露出粉紅色絲襪，一雙簇新的圓頭皮鞋，後跟還高了一點，兩塊狹狹的皮帶死繃繃壓在腳背上，上下聳起著肉塊，使我想到鄉下的牛軛。她的臉，一個這樣美麗的臉，竟塗了粉，還抹著淡淡的胭脂。她手指上是一隻方形的金戒，使我想到她給我的那個美麗可愛的銀指環，我心裡有說不出的感覺。她的完美無缺，不能有減不能有增的手臂，竟因衣袖的緊束變成不十分勻稱，左右的下臂還緊緊地束著細薄方口的金屬。她的腰身粗了，肚子有點外凸。在她們談話中我知道她已經有三個月的孕了；唯一屬於過去翠玲姐的是她靈活的大大的眼睛，但似乎也失去了當初寶貴的含蓄。

「小弟弟。」她叫我，她的聲音完全不是翠玲姐的聲音。

我非常痛苦，我心中像有奇怪的東西壓著，我想吐出這一分壓迫，我不知道自己，我昂然用也不屬於我的聲音說：

「我已經大了，不要再叫小弟弟，多難聽。」說出了，我知道我臉紅了，我有深切的後悔。

……

他們同惠莊婆臨走的時候，翠玲姐一再要我同去，說回頭叫季明送我回來，我拒絕了她。外祖母說我害羞。母親為他們叫了洋車，惠莊婆笑嘻嘻地上車，她坐第二輛，第一輛坐著翠玲姐，第三輛坐著季明哥，我望著他們使我想到他站在船梢撐著船櫓的情形，我心裡竟有奇怪的不舒服。

他們走後，姐姐甚至家裡佣人們都說他們鄉下人。我沒有說什麼，我心裡正奇怪他們怎麼一下子竟變成上海人了呢。

此後我一直沒有再碰見他們。

願上帝保佑翠玲姐，阿門。

星期日

一

窗外有鳥叫，隔壁浴室中有放水聲，你醒來，無法分別是它們吵醒你，還是你自己醒來的，但假如沒有這些聲音，你總可以多睡一回的，你想。

沒有一個星期六的夜裡，你不是想在星期日舒服地多睡一回，但是沒有一個星期早晨你不是很早就醒的。在平時，你醒來就需要急忙地起來，很快的穿著，盥洗，吃早點，你必須於九點鐘趕到公司。在星期日，你醒來總覺得太早；你想再睡，睡不著；你起來覺得沒有事做；於是你躺在床上，望望周圍，周圍是空虛與寂寞，這使你回憶到過去，幻想到將來，你感到了說不出的渺茫。

星期日曾經是你期望的日子，也曾經是你所愛的日子，然而今日，星期日竟是一個可怕的日子。

當你還在初中的時候，星期日永遠可以回到溫暖的家裡，你的家庭是美滿的，父親非常愛你，早晨談談笑笑就過去，下午有時候一家出去，總是玩得很有趣。那些星期日真是容易消逝，一眨眼就沒有了。

在高中，星期日更覺得短促了，不是你去看朋友，就是朋友看你。男男女女，三三五五，你們一同騎車，一同看看電影，一同蕩蕩馬路，日子是多麼充實，夜裡一到床上就疲倦得入睡了。

於是你還有更燦爛的星期日。在大學，你開始知道單獨同一個男朋友在一起的日子，你們愛找僻靜的所在去談話。你們談到將來，你們談到過去；你們愛兩個人去看戲，去坐咖啡館；於是你嘗到初戀。

初戀的回憶永遠是新鮮的，它的過去是可棄的，將來是永久的；但是只有一年，一年以後他遠行了，從此就淡了下來。追求你的人很多，你同誰都交往，你有豐富燦爛的生活，你覺得初戀是幼稚的。

你還記得你媽媽的話，多年了，是不？但好像越來越清楚了。少同一切沒有誠意的男子來往。是的，你當時同那些男人交友都沒有結果，他們有的突然結婚了，有的遠行了，一封兩封友誼的信札，都是不關痛癢的話。

但那時候，你的心理是多麼不同呢？你希望有體面的男人帶你進華麗的餐室，高貴的舞廳。你覺得你的青春是永生的。當時有許多人愛過你，是的，第一個是史豈來，那個整飭的醫生。那時候他已經三十八歲，他忽然告訴你他第一次見你就愛上了你，他很快的向你求婚，你拒絕了他。你覺得他作你遊伴是再好沒有了，花錢不在乎，人人都看重他，舞也跳得好，一切上等的地方都走得通；但是結婚，他似乎人老一點，而你是有多少前途，可以使你碰到更好的對象呢？史豈來從此傷心了，他不來找你，沒有多久，聽說他娶了一個護士，過著很美滿的家庭生活。二十二歲的時候，你認識那個工程師，他叫陸亦進，四十歲了，還沒有結婚，身體很強健，只是頭髮有點禿了。他不懂得戀愛，認識你就想娶你做太太，他帶你到自己設計的那所房子，在半山上，離公路不遠。這所房子你是喜歡的，有大的花園，寬闊的陽台，最新穎的浴室，可笑的是你還看到一間精緻的兒童房。但是你沒有意思嫁他，結婚到底是一輩子的事情，你不得不小心，你想拖一拖再說吧。他也許不是你合適的丈夫，但是一個多好的朋友呢。可是陸亦進是非常實際的人。他對自己事業非常努力，對工作非常有興趣，他沒有意思每天同你製造愛情，他娶了一個很不漂亮的二十[illegible]歲的王國琴。王國琴你是認識的，現在她一定是住在那個有大花園與寬闊陽台的房子裡，他們已經有三個孩子，那個招你暗笑的精緻的房子當然已充滿了愛情與溫暖。

你想不起了你是否愛過這兩個人，但當他們結婚時候，你很有感觸。現在自然有更多的感觸。那時候你所以不想嫁給他們，因為你有的是朋友，你不想捨棄那些朋友。那些朋友是可愛的，他們都與你年齡相仿，個個都好像在愛你，他們約你跳舞，請你吃飯，邀你旅行，但沒有對你求婚。後來，你碰見了那個讀文學的王千君，他幾乎每天寫一封情書給你，那些情書是多麼動人呀。你終於接受了他的愛情。你們通信，你們見面，你們交遊，你們擁抱，你們接吻，但是他不提起婚事。你給他暗示，一次兩次的，他決不是不知，而是不理；他只是愛你，口中愛你，心上愛你，但是結婚，理論上他說他還不想，他沒有資格，他還沒有自立。他希望你等他，但他不勉強你等他；你終於等他，等了兩年，他到別處去了，起初通信很勤，後來慢慢少了；兩年前你聽說他已經結婚了，同一個十八歲的少女。於是到了二十五歲。一晃又是幾年，你愛了一個三十歲的飛行師，他很挺秀，經濟也已能自立，他也吐露了想成家的意思，他對你不壞，但是他對別人也不壞。他的交遊很廣，也並不對你隱瞞。你忽然發現了你一個情敵，是一個什麼都不懂的女孩子，幼稚淺薄，傻頭傻腦的，也不會打扮，長得也平常，你當然看不起她，但她竟勝利了。這個飛行師對你說：「你是一個了不得的女性，但是我對你的情感是累積的，對她則是突發的，我們應當是最好的朋友，而她是注定了我的情人。」他說完這話，第二天就帶著那個幼稚淺薄的女孩子飛到別處去了。

二

「現在時代不同了，一切都變得太快！在我們祖母時代，那時候在鄉下，男子們十六歲就結婚，娶的太太都是二十二、三歲。」你母親說這話好像對著你父親，但眼睛則瞟到你的身上。你母親的眼睛還是很美，是不？

「這因為那時候農村社會，他們種田需要幫手，要人管家呀！」父親抽著煙平平淡淡的說。

「就是我母親那一代，女的比男的也不過小三四歲。」你母親又說了。
「那時候，男人還有父母可以供給結婚成家呀！」
「就算是我同你也不過差十三四歲。」
「那因為我還承繼到一點遺產。」你父親輕描淡寫幽默地說。
「我想那還是西洋的斷命風氣，」你母親說：「女孩子可以隨便在婚前交男朋友。」
「這是什麼時代的思想？」
「假如男人交不到女朋友，他只好早婚。」你母親說：「就因為他們太容易交到女朋友，於是交交女朋友就算了，再也不想結婚。」你母親的話很有道理，但是你沒有表示意見。
「實際上女人也太容易老。」你父親說了又怕你母親不高興，忽然改變了語氣說：「現在的女孩子也太聰敏了。以前十七八歲的女孩子同十七八歲的男孩子的智慧是相仿的；現在女孩子一發育就什麼都懂，而男孩子則到二十幾還沒有法了像一個人。他們的經濟還不能使他們走進高尚的娛樂地方，又沒有遺產可靠，想靠職業維持家庭自然要到三十幾歲到四十幾歲。」
「那麼也不該找十七、八歲的女孩子。」
「那還是因為女人聰敏而懶惰，覺得麻麻煩煩辛辛苦苦在社會掙扎，不如嫁一個現成的掙扎過的男子。」你父親的話很使你討厭，你實在忍耐不住了，你說：
「爸爸這話也不對，難道女子一定是因為懶惰才嫁人的？」
「啊，這當然也不見得。」你爸爸又點起一支煙說：「但如果女子可以在社會上做做事情，她就應當去找一個懶惰無能年輕的男子，帶他們到社會上來，教他養他……」

你不願意聽這些話，你走開了。他們的意思是要你嫁一個老頭子，或者嫁一個小孩子。這是什麼話？

你討厭他們的話，但是你還時時記起這些話。

然而你想再聽見他們的話也不可能了。母親先死，父親也過世了。

那時候，你已經在上海一個洋行裡做事，早出晚歸，假期裡有許多同你好的朋友約你，你們到杭州、無錫、蘇州遊玩，生活在你還是燦爛的。

母親去世以後，你還覺得父親是需要你的。父親一死，你馬上覺得你是多麼需要家庭呢？你需要結婚。但是一切交往的朋友竟從不同你談到婚事。

「少同一切沒有誠意的男子來往。」但是不來往就怎麼樣呢？你曾經試作，但是你馬上感到了孤苦無著。不同沒有誠意的男子來往，而並不能因此而使來往的男子有點誠意。

日子這樣的過著。春天過去了夏天，夏天過去了秋天，秋天一到很快就是冬天，一說是冬天，冷了幾陣就又是春天。在過去，四季的變換對於你沒有什麼感覺，如今則感覺越來越敏銳，日子也越過越快。而這些日子的變動還嵌著各種各樣社會的變動，以前你的父母擔當著這一切的變動，你只有很少的感覺，如今你自己擔當著，一切更像是夢一樣過著。

於是你的公司調你到香港來。換換地方也好，你想。職業對於你本是暫時的，不是你心理生活的重心。但一到香港，你忽然對它發生了興趣與情感。你已經升職，你加重了責任，在你部下的，竟有許多年輕的孩子。

香港在你是新鮮的，公司還可供給你兩間小小的公寓。你把公寓布置得非常親切美麗，起初你覺得這是多麼清靜自由。公畢回來，開開無線電，聽聽音樂，隨便翻閱一本書，從臥室到廚房，到處都是你自己的天堂。但是兩個星期以後，你突然發現那天堂竟是地獄，你開始擴充你的交際。你接受一切的邀請與遊樂，你不願回家。你每天鬼混到很晚，帶著一身的疲乏，偷一般的奔進家門就倒在床上，你怕見你孤獨的周遭。

你認識各種男人。過去男人似乎是都當你小孩子，如今男子對你似乎對你有另外一種尊敬。他們的收入都不如你，你也不能不在宴遊時付錢。對於年齡，你撒謊，你說你是二十四歲，而許多二十一、二歲的男子竟也撒謊說是二十四歲；他們都是很好的，沒有壞心，很熱誠，各有各的趣味，大家玩在一起，沒有一點拘束，但是慢慢的你發現他們所要的不是你所要的。他們並不需要家，他們沒有當你是可以作為配偶的對象，甚至他們沒有當你是女人。你發覺你是把有限的青春在作無限的浪費。

於是你交接了商人，大學教授，汽車行老闆，電影公司的導演，報館的編輯……那些都是中年人，你在他們中間還可以算年輕。他們都知道對你頌揚，對你獻應當對女人獻的殷勤，他們稱讚你每一件衣服，每一句談話。他們不斷的約你，千遍一律的飯菜，千遍一律的音樂。春天裡藉著假期旅行，永遠是幾個熟識的風景區點，每種景物都使你有所感觸；夏天裡在海濱，裸露著肉體，橫陳在海灘的，很少是完整的……各種男人有各種的氣味，但接觸一久，你感到所有男人只有一種氣味。你知道他們對你要的是什麼，但是他們沒有對你提議婚事。

你馬上想到了張嘉翔，他是工程師，在一家汽車公司做事，高高的個子，戴一副眼鏡，頭髮稀少，皮膚白皙，並不是你所愛的典型，但似乎還不失為一個可靠的男人。他對你談到他的理想，淡泊的，簡單的；談到他的心境，誠懇的，感傷的；他對你沒有表示愛，但不斷的使你知道，他在愛你。這樣的日子過了許久，有一次他忽然談到了辦一家汽車修理廠，他順便要做汽車零件的生意，他希望你可以投資合作。是的，你有點積蓄，父親死時也留給你一些錢，你的職業使你對於理財也有點經驗，你現在的收入一個人也用不完；可是張嘉翔所提議的事業在他是內行，在你則是外行的。那麼為什麼？為錢，你不需要太富有；為愛情，那麼張嘉翔是真愛你麼？他的年齡已經不小，他已經離婚一次，他怎麼不提議結婚？你支開了他的話，於是你暗示他成家結婚，但是他也支開了你話。

後來，他突然對你冷淡下來，不常來約你了，他說他事情忙，你有點想他，但是你矜持著，你要看他的變化，於是變化來了，你接到一個喜柬。張嘉翔同一個姓陸的要在香港酒店結婚了。

你送了禮，屆時你到香港酒店去道喜。你發現陸小姐的母親是你的遠親，你們招呼了，談了好一回，從她那裡知道陸小姐到香港才兩個月。

「她們以前認識麼？」你問。

「認識很久了，他們一直通信。」陸太太說。

你不敢再說什麼。你看到新娘，新娘並不美，但是年輕，有生趣，有一種說不出的東西，你知道這是你所沒有的。

那天，沒有等吃飯你就回家了。

三

從此，你厭憎旅行，厭憎假期，厭憎一切，你不想再出門，你不想交際。但是這小小的地獄是多麼黑暗呀！你喜歡辦公室，你喜歡辦事，在辦公室裡許多人都聽你指揮，事務使許多人對你聯繫，而一下班你就好像被人遺棄了。你如今討厭假期，討厭可怕的周末，討厭星期日。

你每天早起，搭車，過海。一路上碰見的似乎都是熟識的面孔，而那些面孔你越來越覺得討厭。而辦公室的面孔有時竟也有可怕的表情。

那個打扮妖艷入時的劉景雋。這個小鬼，簡直沒有心緒在做事，當她把公函地址打錯，你責怪她幾句，她在背後就說你老處女，說你一輩子要靠這個公司吃飯，你聽見了也不敢理她。你想借什麼事情把她去職，但是不到兩星期她辭職了，她去新加坡；她寄給你一個結婚的喜貼，這是一個什麼樣的諷刺。

此後，你感到你必須結婚，你必須有一個男人，你覺得你不能不開始交際。你利用你的學識、地位、經驗與男人來往。你幾乎對每一個認識的男人都想到是否可以同你成家，你發現他們遷就你，尊敬你，同你商量一切，托你這樣那樣，請你這裡那裡，送你這個那個，但是他們不但不向你提議婚事，連牽涉於一點點友誼的溫情都沒有勇氣。他們甚至介紹你他們的太太，而這裡太太們是多麼討厭，庸俗，醜惡，把丈夫當作私有的財產，大庭廣眾，隨便肉麻。一請你就是到她們家庭吃飯打牌，你覺得她們的世界離你太遠了。

男人們說，一個男人到老年一定是孤獨寂寞的。那時老朋友都已經凋零，青年人不願同老年人來往，再沒有人可以談話，這是一個多麼悽涼的境界。而女人是不同的，女子還可以同孫子、孫女們混在一起，在兒子、女兒家庭裡都可以合適安居，這在男人是不可能的。但是你現在已經感到沒有一個可談話的朋友，結婚的女人不能做你朋友，未結婚的女人都太年輕，也無法合在一起；而男子們竟不是勢利就是無恥。

星期日，可怕的星期日！一星期，一星期竟過得這樣快。而現在每逢星期日，除了約你吃飯、打牌以外，好像不會有人想到你了。

你到香港又過了四年多了，這日子是怎麼過的？鏡子裡的你變了，你也不敢再去游泳，而天氣又快熱起來了。

於是你想到了陸安懷了，你們公司裡的老闆，兩月前忽然死了太太；他很哀痛的希望人去看他。你去過一次，他的家在深水灣，一所很大的洋房，裡面布置非常豪闊；他留你吃飯，對你訴說他悽涼的心境，希望你可以常常去看他。他還問你住址，說要來拜訪你。

後來他竟又加你薪水，送你東西；於是你聽到那個沒有本事，只知拍馬屁的祕書，對你忽然用他立場提示了老闆的意思，你沒有理他，你覺得非常醜惡。但是在回家的途中，你竟拿這件事情來考慮了。

是的，他是老頭子，六十歲生日你也送過禮，吃過酒。但是他有錢，不但這公司發達，他還有紗廠，地產。他的孩子都大了，也不在一起。深水灣的洋房是夠講究的，他還有五只馬在馬場上很有聲譽，他還有兩輛汽車，都是簇新的。……

你考慮到這些，但是你馬上罵你自己；你怎麼會這樣無恥？過去，你對婚姻上想到錢的人是多麼看輕呢？你是有教養的，好的家庭，好的教育，你的做事也完全靠自己的能力，你怎麼會想到這些？這不是你這樣的人所該想的。

你一路回家都這樣想著，但當你看到路上一個老頭子帶著一個年輕的女人，看到一個美國年輕水手帶著一個已老的路妓，你心裡馬上覺得你的老闆是年輕的，他雖是六十幾歲，但看起來不過五十歲，衣裳著得很整飭；而且人是可靠的，辦事公正，待職員也非常和藹；你同他走在一起，自然比那兩對要像樣。

天氣很好，陽光很刺目，你在擁擠的人叢中等輪渡，這些往還的面孔你是熟悉的，你覺得可憎。你已經厭倦了這一天兩次的輪渡，假如嫁給了陸安懷，你馬上可以不必看見這群可憎的面孔，你可以不必每天兩次過這刻板的輪渡；你馬上可以住在深水灣那個洋房裡，早晨不必趕這九點鐘的時刻……

人在湧流，你跟隨著。這條路你已經走了幾年，你像浮在水上的小草，用不著注意，很自然的就被沖進渡輪。你望船外的船隻，你望海，你望遠處的山，但是你沒有看見什麼。你看見汽車在岸上蠕動，——只要你願意，你也馬上就有汽車，你忽然想到了這個。

船駛開去，你馬上看到了山上的洋房。在你初到香港的時候就想，在那裡有一所洋房是多麼好呢？現在你可以有，只要你願意，你又想。

過了海，你不自覺的去搭公共汽車，人們都在奔跑，你還是照常的走。車廂的座位已經擠滿了，你本想再等一輛，但是你已經疲倦，你急想回到寓所。這是一個你出來了想回去，回去了想出來的地方。你覺得它是你唯一的伴侶，而雖然是討厭了的伴侶。你上車，站在那裡，有一個青年的男人看著你，但並不讓坐，這個臉是這樣的討厭，像一條望天眼的金魚！你馬上感到陸懷安雖然老了，也比他像一個人。你盯了那個人一眼，你轉一個身，但是這時車子開動了，你幾乎站不住，你拉住了皮帶，但是竟丟落了手帕，你不知道；而那個望天眼的金魚，竟拾起來交給你。他裂開厚闊的嘴唇，露出一顆觸目的金牙。你接過手帕，沒有笑，沒有謝。你討厭這個臉，這個公共汽車。你覺得你隨時可以坐汽車，只要你願意。那麼有什麼不願意呢？時間是不留情的，機會很容易失去，也許你一拒絕，陸安懷馬上去找別人。他要的是一個太太，每個女人都可以做太太……一瞬間，你似乎已經決定了；你已經設想你住在深水灣的洋房裡，你不用跋涉每天辦公，你不用看可厭憎的臉，你不用在辦公室同那些年輕女孩子為難。你可以安安定定在家裡，你要養一個孩子，你可以掌握這個公司，好在這個公司的一切你都熟悉。他如果死了，這公司是你的。……你想得越來越遠了。

車子停了，你還得走一段路，這段路是你最恨的一段路。在熱天，太陽曬著；在雨天，雨淋著；這短短的一段路會顯得可怕的長。你很想買一輛汽車。這點錢你有，但是你得考慮，因為這在你至少是一個數目。錢不必多，只要想用時，不要考慮就好了。不知怎麼，在那段短短的路上，你想到了馬票。香檳已經開過，你還是失敗，如果你中了香檳，你當然不會去嫁一個六十幾歲的老頭了的。那麼你嫁他是等於中一個頭獎了。是的，一個頭獎，什麼都是現成的；一個可靠的頭獎，為什麼不？為什麼不？

如今你已經走進了你的寓所，你腦子想到如何去給老闆一個暗示，你覺得你還需經過這個拍馬屁的祕書。

你走進房間，但是你突然看到鏡子，你在鏡子面前坐下，你馬上發現你剛才的思想是卑鄙醜惡的。你奇怪怎麼有這樣的思想？你看著鏡子裡的你——她不是還很年輕，還可以說是美麗的。是的，化過妝，在陰暗的光線下。但是陸安懷是老頭子了，他已經六十多歲，如果在家裡，穿著睡衣，拖著拖鞋……啊，你不能再想下去。為什麼他不年輕十歲呢？只要年輕十歲，這就沒有問題。

突然，你怪你的父母了。他們為什麼要教養你許多奇怪的道德呢？為什麼你在年輕的時候不好好享樂？在上海，在杭州，在無錫，甚至在香港……那些不願意負責的青年人，都曾經給你浪漫的誘惑，但是你是規矩的，你有很好的教養，你不能夠不看重自己。但這是你的幸福麼？如果你曾經有這些浪漫的享受，如果你曾經享受到一個真正的青春的愛，那麼現在嫁給陸懷安也沒有什麼。而你則是特別地要把一切的幸福寄托在婚姻上面的，那麼愛情當然是第一個條件，而陸懷安是太老了。多少你的同學，多少你的同事，容貌不如你，學問不如你，能力不如你，都嫁了人，都嫁了自己喜歡的人，而你，即使你是喜歡陸懷安的，別人也都要說你嫁他完全為他的財產與地位。一想到這裡，你覺得受不了，一百分之一百的受不了……

四

你似乎是決定了，但是你並沒有決定；在你夜半醒來的時候，在你早晨上班的時候，在你辦公室裡，你隨時都在重新考慮。

而陸懷安竟又請你星期日中午到他家裡去吃飯，他說他派車子到輪渡碼頭上接你。你覺得這是可恨的，你又不是什麼人？隨便派車子接你到他家去吃飯？

你拒絕了他，你說你有別的約會。但出你意外的是他竟處之泰然，沒有生氣，也沒有透露失望，也沒有堅持請你。而你，你則反而感到一種說不出的不舒服。

星期日到了，上午你一個人在家裡，曾經對這件事後悔。你開始對他的無禮原諒，究竟他沒有什麼不對。請一個朋友吃飯，派車子來接也很普通；而況他是老闆，而況他已經六十多歲；而況，也許他並沒有什麼別的用意。那天下午，你一個人去看一場電影，電影裡那所房子，很像陸懷安深水灣的洋房，寬廣的陽台，面對著海，坐在那裡，吃一杯茶，一杯檸檬水，靜靜望著落日，這是多麼寧靜愉快。今天就是這樣的環境，但是你自己沒有去，而在擁擠悶窒的電影院裡，看電影裡扮演這樣的故事，看劇中人在享受這寧靜愉快的下午。

但是，星期一在辦公室裡，你發現奇怪的事情了。原來昨天有許多人是應約去的，那個拍馬屁的祕書，管外匯的主任，還有那個年紀比你輕的胡小姐，張小姐；張小姐是在你的部下的，她似乎沒有看過世面，還不斷的在提到老闆的屋子講究舒服。

那麼陸懷安約的並不是她一個人？還是約不到她，所以約了這些人去呢？你想知道這個，但是你無法探聽這個。你想從這個祕書嘴裡探聽，但是你怕他會比你先看穿你的心境。你兩三次都藉著事故，到總經理室裡去碰陸懷安，他還是只同你談公事。可是最後他忽然問你：

「張小姐在你科裡幫忙的，是不？」

「是的。」

「她做事情，好不好？」

「不錯。」

「有多久了？」

「一年半。」

「看她到社會做事情不久。」

你不響，他又說：

「人倒是很好，很聰敏。」

你不響，他忽然同你談公事了。

張小姐很聰敏，不錯的，她很會體貼人意，她時常討你喜歡，當然她也會討老闆喜歡。

你在下班回家途中，不知怎麼，忽然想到假如張小姐倒不管年齡什麼，而做了老闆的太太，那麼……那麼如果她到辦公室來，同老闆一同坐著車子來，像他以前的太太一樣；如果她在深水灣的房子裡，請你去吃飯吃茶；如果也像老闆以前的太太，時常送你一點什麼，一件衣料，一點糖果……你將怎麼樣呢？

想到那裡，你似乎覺得非辭職不可了。但是辭職到哪裡去？你在那裡歷史很久，老闆很相信你，待遇不錯……你不會再有比這更好的職業。

但是你難道也不會有比陸懷安更好的男人？

你彷徨不安；而每天到辦公室，那位拍馬屁的祕書總是似是而非的搖動你，而張小姐似乎莫名其妙的給你一種說不出的威脅，有時候一笑，有時候一顰，好像在透露，叫你不要當她是你的下屬，她可能就是老闆的太太。你似乎在她身上發現了以前所未發現的特質，她是一個女人，十足的女人，她沒有個性，沒有特長，但是男人們會喜歡這類女人，尤其是老年的人，而她是沒有見過世面，她所要求得不過是一點地位，錢，……啊，陸懷安所有的已經是太多了。

如果她竟做了老闆的太太，你當然必須辭職。……

但是你難道不會有比陸懷安更好的男人了麼？

日子悄悄的過去，陸懷安似乎什麼都處之泰然。但有一天，是星期一，下班的時候，你恰巧晚了一步出去，正同他在一個電梯裡，他說：

「莫小姐，你昨天上哪裡去了？」

「到一個朋友家裡。」你隨口說。

「昨天，」他竟很自然的說：「我也到九龍去看一個朋友，走過你那裡，很想順便來看看你，後來怕你不在家，就沒有來。」

「啊，」你不知道說什麼好，輕輕地客氣地笑一笑。

……

這是兩星期以前的事，而昨天，那個祕書竟很俏皮的私下同你說：

「總經理說要來拜訪你。」你非常聰敏大方地說：

「哪一天我招待你們，請你們在我家裡吃茶。」誰知那位祕書竟裝著很祕密地說：

「他大概要一個人來看你。」

你沒有理他，裝著有事情，你跑開了。

五

想到這裡，你害怕起來了。那麼，今天他會不會一個人來呢？

你忽然有點企待，你看了床邊的時鐘，是九點三刻，你覺得你應當起來，應當打扮好，免得臨時慌張。

可是，正在你這樣想的時候，忽然電鈴響了。

你吃了一驚，心跳了起來。你馬上想到，你還是告訴陸懷安不在家好了。

「阿賜，是誰呀？」你問。

「阿寶賣菜回來了。」阿賜在門外說。

啊，你想，下次還是交她一把鑰匙，省得按鈴；而你怕她會把鑰匙丟了，也許會落到別人手裡，也許，誰知道，她交給了別人，被別人騙去。……

你忽然感到了一種奇怪的失望，你想是你神經過敏，陸懷安不見得會來，來了又怎麼樣呢？他難道……

是的，男人的面孔是複雜的。他們的臉皮都厚，他會說一直就喜歡你，他會說他妻子過世後的寂寞，他會說他身體很好，他會說希望你可以嫁她，他還會有一切年輕人求愛時的動作……

你一面想著，一面起身。你披上你粉紅色的晨衣，你正想下床，但是窗外傳來了教堂的鐘聲，拖長的，滯重的聲音。不知怎麼，忽然你又奇怪地靠在床欄上了。

你想到你在這鐘聲裡曾經做過多少次牽紗的孩子，散花的孩子，走在紅毯上，新娘子的前後，聽著結婚進行曲，在許多來賓的人叢中，你很膽怯，但是你覺得光榮，可以同新娘子在一起。你當時就想到你將來也會有一天做新娘子，可以有人為你散花，有人為你牽紗，在儐相中間押著音樂走路，成為大家羨慕的中心。以後，你長大了，你也有過多少次做過人家的儐相，有許多是你親戚，有許多是你朋友，你伴著她行禮，為她蓋章，你曾經覺得有許多儀式太簡單，如果你結婚時一定要隆重。你還覺得自許多新娘子的禮服太平常，如果你做新娘子時一定要講究一點。你還覺得許多新郎太難看，許多新郎太老，你竟相信你要嫁的人一定會同童話裡王子一樣的英挺瀟灑。自然你還參加過許多親友的婚禮，你曾經羨慕別人，妒忌別人，但你曾經自信你會有更好的丈夫。在教堂的鐘聲中，你曾經自許，自誓，而以後每次鐘聲竟給你許多不同的奇怪的感觸與想象。直到現在，這星期日教堂的鐘聲時常給你一個說不出的滋味。你忽然想像到你穿起純白的禮服，拖著長長的婚紗，手裡握一束鮮花，前面四個孩童為你散花，後面四個孩童為你牽紗，你要請六個儐相，你要有隆重的儀式，你在音樂中一步一步走上禮壇，但是你竟無法想像等在前面的新郎，陸懷安，一個六十多歲的老頭子，你馬上可以聽到來賓中的聲音，他們在說新郎是一個老頭子，他們在說你嫁給他是為金錢……啊，你不能再想下去，你狠狠的掀開被頭，急速地跳下床，但是你感到疲乏，你拖上拖鞋，你懶洋洋的走到窗邊，拉開你自己選購的錦黃的窗簾。

　　啊，天是陰的，下著毛毛的細雨，你感到一種沉悶，你懶洋洋的走到你的梳妝台，你坐在鏡子的面前，你看到你自己，你的頭髮是美麗的，你拿起梳子掠了兩下頭髮，你忽然注意到你的面孔，你開亮了燈，你發現你臉上的毛孔，奇怪，左頰上來竟起了兩塊小小的黑斑！你發現你同剛來香港時已經不同了。你非常疲懶，你覺得一點沒有精神，你無意識的拿起那只小小的鋼夾，你拔你應當拔的眉毛。一瞬間你什麼都不想了。

但就在什麼都不想的一瞬間，電鈴又響了，而這次是非常長聲。

你的心跳了起來，但這次你沒有發聲，你放下那只小小的鋼夾，屏息靜聽。但是你忽然想到了你是不是要見他？

啊，不會是他，也許是送報的，收錢的或者……

「小姐，有人看你。」

「誰？」

阿賜已經推門進來了，她手裡拿著一張名片。

你忽然感到頭暈，你心跳得厲害；你很快的接過了名片；名片上的字跡好像很模糊，但是你已經認出了上面的確寫著：

「陸懷安」。

傳統

殺妻者

一

在交通工具缺乏的抗戰時期，如果你曾經在大後方旅行，搭上擁擠的公路車或者貨車，你馬上會覺得同車的人似乎都是敵對的，這因為你的舒適常是別人的痛苦，而別人的利益就是你的損失；但在不平的公路上顛簸了兩天之後，你已經看熟了那些陌生的面孔，而彼此也感到了有互助的需要，你開始會同左近的人交換談話。如果同車走了十幾天，你們的談話會多起來，倘若投機，也許從此一生就多一個朋友。

我在這種的旅行中，曾經交到好幾個朋友，但有一次，竟遇到他。他坐在我的對面有十來天，可是不但沒有同我談一句話，而且也不接受我的談話。他有一個很憔悴的面孔，態度儘管謙虛，但瘦削的面頰總拉不起笑容；他的眉毛是明淨修長的，但總是眉心微蹙，若有所思；他的眼睛是圓大的，但眼白多而眼珠小，顯得無神；偶而視線同別人的相遇，他就馬上避開。他總是遙望著車外，但偶然也閉上眼睛，低下頭。他有很高但很尖狹的鼻子，鼻節凸出著，很顯明，顴骨一高一低，頭髮很長，有點灰白，額前也有些皺紋。初上車我對他並沒有特別注意，兩天以後，我開始覺得他很怪，發現他的臉有無情的冷酷，使人對他凜然起了畏意。但是五天以後，我竟感到這是個非常寂寞的臉；於是我逐漸在他寂寞的臉上感到了神祕。

平原、山嶺、村落、小橋、溪河，一切的景色的移動都使我們的情緒思想有些遷移。早晨出發，到黃昏時候投宿，時陰時晴，亮亮暗暗的雲彩都使我們的精神意念有所變幻，但是在他寂寞的臉上我發覺他竟毫無變化。

這是一個多麼怪僻的臉！這是一個多麼怪僻的人！

在每天黃昏收車投宿的時候，下了車，別人都是三三四四的在一起，可是他總是一個人。他到溪河裡洗一個臉，回到旅店，常常叫了一點酒，一點花生米，一碟豆腐干，一個人斟著喝著，最後叫了一碗麵或者幾個饅頭。餐後，他一個人抽抽煙，望著黝黑的天空，等別人都去睡了，他才進來睡覺。早晨出發，他總是很快的上車。他人很瘦，但力氣並不算小，一只隨身的皮包他提得很輕便。

但是十二天以後，下午五時鐘的時候，車子忽然拋錨了。司機修理了許久，等到可以啟行時，天色已經暗了，我們無法趕到可以投宿的地點，於是不得不在一個很荒僻的村落中停了下來。

這是一個只有十來戶人家的村落，都是很簡陋的平房，透露黯弱的燈光。村前一灣小小的河流，幾株楊柳，一方廣場，上面堆著稻草，此外就是浩冥的天空與隱約的山。司機為我們去借宿，費了很多口舌與周折，總算騰出了地鋪的位置，但這只夠女人與孩子的躺下，男人，只有幾家廚房裡可以讓我們歇足。

那是我第一夜同那個怪癖的人在一個房間裡過夜。

在那間廚房裡，我們一共有七八個人，起初這是亂哄哄的，大家鬧吃鬧喝，有說有笑；獨有他從手提包裡拿出酒瓶，喝了幾口，同大家湊著一起吃了一些炒飯，一聲不響的坐在角落裡。飯後，大家一個一個的都瞌睡了，有的靠著牆角，有的伏在板桌上。空氣就也靜了下來。

廚房很低，油燈發出刺鼻的煙味，小小的窗口，欄著鐵檔，一格一格的天空浮著時浮時沉的星光，七倒八歪的人們已經發出了鼾聲，我感到很悶，我站起來，想開出後門外面來散散步。但就在我站起來的時候，他忽然也從灶下閃了出來，這是出我意外的，我有點吃驚。大概為我吃驚的緣故，他竟開口了，他說：

「很悶，是不是？」

「很悶很悶，我想到外面去散散步。」

但當我打開了後門時，我忽然有點害怕起來，外面竟是這樣的陰黑；幾株小樹像魅影一樣的站著，風吹著樹枝颯颯作響。那是八月的天氣，白天還覺得悶熱，夜來就有點涼意；天上星星零亂，層雲疊霧，竟沒有月亮。我在略微矜持之下，不覺回過頭去說：

「外面空氣很好，一同去走走好麼？」

他沒有理我，但也跟著出來。我回身虛掩了門。

門外是一條不平的石板路，出去是一個狹長的方場，隔著幾株樹一個溝道就是田野。他在前面，順著石板路走，我跟著他。

他忽然亮起電筒，石板路隨著房屋轉彎，就到了村前。前面是一方稻場，幾堆稻草，幾株較大的樹，有楊柳，也有冬青，一些殘缺的竹籬，再過去就是小河了。遠望過去是隱約崇山，山頂沒在雲霧裡面。他沒有理我，似乎有計畫般的走到了稻草堆旁。他站住了，望著前面的小河，小河寧靜地反映著天上黯淡的星斗。我摸出煙，遞給他一支，又為他點火，他一聲不謝，反而說：

「當心，不要燒了人家的稻草。」一面他就在一束稻草旁坐了下來。

我點點頭，但覺得他的態度有點可笑，竟笑了一聲，我說：

「你到哪裡？重慶？」

他點點頭。我也就坐倒在他的旁邊。

「我也到重慶。」我說：「你家裡在重慶麼？」

「你的家在重慶？」他忽然說。

「在金華，金華淪陷的時候竟失散了。」

於是我告訴他我的妻子，我的孩子，藉著他的電筒，我把我袋裡的照片給他看。一時間我自己竟禁不住悲從中來，我泫然地滴淚下來。我說：

「不知道他們現在是死是活？」

他寂寞的臉上仍沒有什麼表情，但突然他推開了我手上的照相，抬起頭來，望著遠方，很奇怪地嘆了一口氣。

「怎麼？你的家難道也在戰時破散了麼？」

「我沒有家，」他說：「我到處為家。」

「亂世時候，還是一個人好。」

「但是我的家是太平時候毀的。」他說，忽然聲音提高了許多：「唉，是我自已毀的。」

「怎麼？」

「怎麼？你真想知道我的故事？」

「假如我可以知道的話。」我說：「這許多日子來，我覺得你是一個很不平常的人，好像有心事似的。」

「你以為麼？」他說，但不知怎麼，他忽然看我一眼說：「他們在說你就是常寫小說的×××，是不是？」

「你知道？」

「我的故事也許可以做你小說材料。」他說。

「但是我不是為寫小說要知道你的身世的。」我說。

「這於我有什麼關係，」他說：「我是一個死了很久的人。」

我望著微風吹動他蓬亂的頭髮，他忽然皺起眉，縮小了眼睛，他說：「你為我寫一篇小說也好。好讓別人知道我一生是怎麼樣結束的。」

我又遞給他一支煙，為他點了火。

他抽起煙，噴了一口，於是講出他悲慘的故事。

二

「看相的都說我少年運好，這話一點不錯。」他說：「四十歲我的命就完了，我在那時候應當死去，不死也就完了。」

他的視線遠望著隱約的山，屈起兩腿，於是緩緩地說：

「我的父親是一個有商業天才的人，他做皮貨生意。我們在天津北平有兩家皮貨莊。在他過世以前，我正是一個不知金錢困難的少爺。我從小就沒有母親，但是我父親不想再娶，他只有我一個孩子，當然是非常愛我。一直帶我在他的身邊；在我大學畢業了以後……」

「你在北平讀書的？我也在北平住過。」我插進去說。他突然停止了說話，緩慢地回過頭來，看我一眼，好像是怪我打斷他的話語似的，文不對題地回答我：

「我學的是工商管理，我在大學裡功課很好。」於是又望到遠處，滅熄了煙頭，兩手抱著膝，恢復了他落寞的姿態說：「那時候我很有理想，我覺得父親舊式的皮貨莊似乎都應當改革。父親那時候的身體已經不很好，他希望我結婚，但是我很驕傲，我看不起一般的女性。我要的對象是美麗賢慧聰敏，大方而不糊塗，尊貴而不驕傲，嫻靜而不冷漠，活潑而不輕佻……。」

「這當然不可能，世上不會有十全十美的女性，正如我們也不是十全十美是不是？」

「為什麼沒有？」他這次毫沒有改變他姿勢說：「在我二十五歲那年，我同父親到西山去避暑，我碰到了她。我父親西山有一所別墅，非常清致舒適，不遠的地方，有一所房子，那年租給了一群女學生，蓓華也就在裡面；我認識了她。她的意態、風致、面貌、身材，竟完全是為我定製的，我一見就愛上了她。

「一個暑期裡，風晨月夜，我們敘在一起，她也很自然的愛上了我。她是一個非常嫻靜的女子，似乎有點感傷。她是南方人，一個人到北平來讀書，家裡已沒有什麼入，一點財產由她叔父掌理，她想是足夠她大學畢業了。

「暑假快過的時候，我向她求婚，她拒絕了我。她說她要大學畢業以後才結婚，她又說不願嫁給一個有錢的人。她說她並不是看不起有錢的人，只是覺得她如果同一個相仿的人共同成家立業，她可以有許多貢獻，現成嫁給一個有錢有地位的人，她就會是毫無用處的人了。我說，她同我結婚了也可以讀書，至於有錢無錢，錢本來是父親的，我們的生活原還是重新建立。她對我這些話只是笑笑，沒有什麼表示。後來還是我父親同她談了兩個鐘點，她才被說服。父親同她說，他已經老了，很希望我可以負擔他事業上一些責任，覺得我必須成家，而我竟從來沒有喜歡過一個女人，她是第一個；而父親也相信她，覺得她是唯一可以將兒子托她的人，如果她不愛我，當然沒有話說，如果是愛我的，父親希望她早點同我結婚。

「這樣，我們很快的就結婚了。本來預定結婚後她再去上學的，可是一結婚就同我說，她現在要做一個最好的太太，她決定不去讀書。

「結婚後，父親希望我去管管天津的店務，我們就搬到了天津。那裡我們過著非常美滿的生活。她真是一個非常賢淑美麗的妻子，在朋友交往之中，沒有人不羨慕我們夫妻的幸福的。我幾乎沒有一刻可以離開她，有時候一個人出去，我就對她關念，常常要打電話給她。我覺得只有同她在一起我是快樂的。

「這樣的生活過了一年，我的父親病了。我們到了北平，她侍候我父親可以說盡了最好的看護的責任，一直到我父親死去，她的悲哀竟同我沒有兩樣。父親過世後，我們就搬到北平，我的事情也忙了起來，一天常常有好幾個鐘頭不同她在一起。她呢，北平是她讀書的地方，她有許多同學常常到我家來玩，她們也一同出去，因此生活同在天津時稍微有點不同。本來我們間，誰到哪裡去，彼此都知道的，後來則短時出去也就不互相通知了。

「幾個月以後，有一天，我從店裡回家，她不在。佣人說下午我出去時候她就出去的，一直沒有回來，也沒有留話，這是從來沒有的事。我想她如果到什麼地方去，吃中飯時候就會同我說起的；沒有說起，那麼總應當留一句話。我很著急。我等她吃飯，直等到八點多，她才回來，她說被吳笙英拉住去看幾個朋友，敘在一起，一定不讓她走。

「吳笙英是她的同學，是讀經濟的，現在是四年級，就快畢業了。她是妻的好友，我當然也同她很熟的。這當然沒有什麼，我們還是照舊的生活著。

「但是奇怪的是以後常常發生了這樣的事情，她總說同吳笙英在一起。有一次吳笙英來玩，我就同她談起前幾天妻同她在一起的種種，吳笙英語言非常支吾，只說在一起，去找朋友，一點也不像平常一樣的講出同誰在一起，誰怎麼樣……」

他講到這裡，歇了一會；那時天上的雲似乎散了一些，一絲淡淡的月痕在天際浮起，四周有隱約的蟲聲，我突然感到一陣寒顫，我靠緊了草堆問：

「後來怎麼樣？」

「後來，」他忽然提高了嗓音說：「後來我在妻有一天出去的時候打了一個電話給吳笙英。她住在學校的宿舍裡，那天恰巧在家，她來接電話，我就請她到我家來。我見了她就問她說：

「『吳小姐，你是蓓華的好朋友，當然不希望破壞我的家庭；她到底到什麼地方去了？』

「『我不知道。』她說。

「『那麼以前她說同你在一起，是不是都是騙我？』我站起來責問似的說。

「『你冷靜一點，』吳笙英說：『我是她的朋友，我受她的托，我自然啊……，你不能怪我，是不是？』吳笙英說到那裡忽然換了一口氣說：『當然我們也是朋友，我很同情你，你太愛她，但是你沒有了解她。』

「我不響，吳笙英忽然感慨地說：

「『她也許不是你理想的人。』

「我愣在那裡，她又說：

「『你千萬不要告訴她，回頭以為我在挑撥……啊，我真不應該那麼說，不過我覺得你太可憐，你……好，好，我走了。』

「我當時阻止了她，我說：

「『你如果有一點點同情我，那必須告訴我，你不能這樣就走了。』

「『我怎麼可以告訴你，我當然要對她守信用，是不是？』吳笙英微笑著說，態度非常大方。

「但是我求她，我堅持著要她告訴我，最後她突然哭了，她說：

「『你真是可憐，但是你如果愛她，你應當原諒她；愛情的偉大就在隱藏在心中。如果你想到一點我同她的友情，她回來你最好也不要提起一句話，下次我們見面，你還要假裝相信今天我是同她在一起的才好。是不是？』

「我愣了許久，我說：

「『你不願說你朋友的祕密，我也不怪你，但是我希望你告訴我你以為她還愛我麼？」

「『我不知道你所說的愛情是什麼，愛情是人人不同的，我們大家只知道自己在愛人，不會知道誰在愛我們。』

「我沒有說什麼，我還沒有捉摸到她這句話的意義，我注視她的表情。但是她突然哭了。

「她說：

「『請你原諒，我想不到會有這麼一天，好，好，我太多事，我走了。』

「她雖是說走，但是沒有走，她哭得更厲害。我倒弄得沒有辦法，不知道這是什麼意思。

「一時間我忘了我的生氣，我發覺我剛才的失態，我說：

「『假如你以為我得罪你，請你原諒我；你知道我心裡是受了什麼樣的刺激！』

「『啊，』她突然靠在我的身上說：『你千萬不要誤會；我只是自己內心的矛盾；她是我的好朋友，告訴我她的祕密，我自然要為她保守，但是我覺得你太可憐，你那麼愛她，而她……她……啊，但是你應當原諒她，她有她的苦衷。』

「『你是說她另有情人？』我大聲地說。

「『你不要問下去好不好？』她突然又哭得厲害起來，她說：『我是她的好朋友，你知道，我完全是從她那裡認得你的。』

「我不響，她忽然揩揩眼淚站起來說：

「『你必須答應我不要對她說出你今天見過我，不要說出我告訴你什麼？』

「『但是我必須要知道一個究竟。』我說。

「『知道了又怎麼樣呢？你難道就可以不愛她麼？』

「『如果她負我，我就是愛她也只好忘去她。』

「『如果你答應我不說出今天我同你在一起，如果等一會她回來，你仍舊能同平常一樣，我想你反而容易去知道究竟的。』

「『那麼我到什麼時候才可以問她。』

「『你如果只想知道一個究竟，而能夠原諒她，我可以幫助你。』

「『真的？』

「『下一次，我可以陪你到她的地方看看，』她說：『但是你必須原諒她；我知道現在她也苦，你也苦……』

「『真的，』我說：『那麼我決定不同她提起什麼，一切我只裝著不知道好了。』

「『那麼我謝謝你。』說完了她就起身要去，我送她到門口，她頭也沒有回就出去了。

「那天，妻於晚飯的時候才回來，說是同吳笙英在一起，精神很不好。我一再克制自己，假裝著沒有覺得異常。飯後，我推說疲倦就先去睡了，但是我心裡可是又恨又傷心。

「三天以後，我在店裡忽然接到了吳笙英的電話，她說她馬上來看我，陪我去那個我想知道的地方。我說我有車子去接她好了。她說叫車夫知道了多不好，還是她來看我。

「掛上電話不過十分鐘，吳笙英果然來了，她說她坐的是一輛車行的汽車，等在門口。我就同她一同上車，車子一直開到什剎海的僻靜所在。你在北平住過，當然知道什剎海的。她拉我站在海邊一株柳樹的後面。譬如這株樹，對著這樹是一所四合房的門，門上還有漆上去的紅底黑字的對聯。門雖是開著，但我清楚地看出那是：『忠厚傳家久，詩書繼世長』的聯語。我們等了大概一刻鐘的工夫，我看到妻坐著洋車來了，我想跳出去，但被吳笙英阻止了。我看到洋車在那個門前放下，妻付了車錢，就從門內進去。這是一個她從來沒有同我講起過的地方，決沒有什麼朋友住在那裡的。如果是普通同學或朋友，妻又不打牌，決不能夠待一下午的。我一時氣上心來，想馬上跑出去闖到裡面去。但是吳笙英阻止了我，她說：

「『你闖進去怎麼樣？他們可以不許你進去，可以說她沒有去過。如果她不想在那裡同你見面，你闖進去也徒然傷感情，是不是？』

「我躊躇了一下，就在我考慮之中，吳笙英忽然感慨地自言自語似的說：

「『愛情真是神祕，誰也無法勉強誰。』

「這時候，不知怎麼，我竟懦弱下來，我坐倒在一堆石頭上，禁不住泫然流下淚滴。

「吳笙英忽然拿出手帕，彎下身了，她為我揩著眼淚，我聞到一種紫羅蘭的香味，她說：

「『你太可憐了。像你這樣聰明的人，竟一點不會了解人。』

「我一時竟像受委屈的孩子見了母親一樣，靠在她身邊哭了。

「她這時也坐下來，用女性的溫柔拉著我的手臂，她把她那塊帶著紫羅蘭香的黃色手帕交了我。她說：

「『你是一個男子，怎麼這樣懦弱？你應該有勇氣原諒她，或者有勇氣離開她。』

「我用她給我的手帕拭淚，我的心沉重得使我透不過氣，她又說：

「『我很奇怪，像你這樣聰敏的人竟不會了解人；這許多日子來，你竟一點不了解她，也一點不了解我。』

「『了解你？』我抬起頭來看她。這時候我突然發現她溫柔的眼光竟含著我所需要的慈愛，她的嘴唇有多情的顫慄。

「『你沒有了解我，』她忽然垂了視線嘆了一口氣說：『我真傻，我也不知道為什麼，我心裡一直擺脫不了你，自從第一次見你以後……唉。』

「她再抬起頭時，我看到她眼中晶瑩的淚珠了。

「『你說你在愛我？』

『一直，一直，自從第一次見你……』她忽然又嗚咽起來：『但是你是我好朋友的丈夫，我怎麼可以，怎麼可以！』她恨自己似的說：『但是你太可憐了，太可憐了！』

「她說完了竟哭泣起來。

「我當時對她又感激又可憐，我覺得我真是在敬她愛她，我擁吻了她顫慄的嘴唇，她閉上了眼睛……。」

三

他講到那裡，忽然歇了許久，亮了一下手電筒，一只小黑蛙在我的身旁跳起來。這時又有一陣風吹來，樹枝與稻草索索作響，他的頭髮聳蕩著，像也發著同樣的響音，他掠了一下頭髮，從袋裡摸出一包煙，一盒火柴，他給我一支，點起了煙。我在這火柴的光中看到他清癯的臉，無神的眼，挺狹的鼻樑，似乎都蓄著可怕的神祕。我吸起煙，問：

「那麼你失去一個愛，得到一個愛，這也算是很幸運了。」

「不是那麼簡單。」他說著忽然又抬頭望天。

天上的雲層在動，暗淡的新月又淹沒了，可數的星點忽隱忽現。他望了許久，突然他拋掉了他剛剛燒起的紙煙，又繼續著說：

「我很快同吳笙英同居，我們在她的學校附近租了房子，她還在上學。我仍舊每天到店裡去，我們似乎對於妻可以不問不聞了，於是彼此就冷淡起來，後來我索性搬到書房去住，這就更加同她疏遠了，我常常到一兩點鐘才回去，她也不來問我。

「我相信妻是早就發覺了我有外遇，慢慢也知道同我同居的人就是她的朋友吳笙英。她沒有責問吳笙英，還是同平常一樣的同我相處著，我想她當然因為自己也有愧心事，所以不願破臉。我也就聽其自然。

「這樣隔了許多日子，妻逐漸憔悴了。記得正是天氣冷下來的時候；北平的天氣你是知道的，兩三陣風一刮，說冷就冷，十月裡我們就攏上了火。有一天，妻一夜未回，我也沒有管她，照常出去，但那天我可傍晚時候就回家了，到了家裡，她竟還未回來。一直到八點鐘她回來了，我看她非常沮喪，面色灰白，還帶著幾條浮腫的紅疤，像是指甲抓破的，她一言不發，到了房間裡去；佣人跟著開飯，說進來時妻已關照佣人說不想吃飯了。

「我想她不願同我同桌吃飯，所以也沒有理她。吃了飯，我心裡很悶，我就到吳笙英地方去。那天我也整夜沒有回去。」

他講到這裡，忽然又歇下來，似乎只有從他的過去跳出一下，才能夠鬆一口氣似的；隔了半晌，他才又緩緩地接下去說：

「我於第二天十二點回家，佣人說妻還沒有起來，我去看她，房門鎖著；我打了半天門，她不應；這時候我可著急起來了；我設法撬開門，我發現她已經自殺了。」

「自殺了？」我著急地問。

「她嘴唇發紫，臉發青，我叫了醫生，醫生說她吃的是大量安眠藥，死了已經有四小時。她留一封簡短的遺書；她說她對不起我，又說她始終愛著我，最後還祝我快樂。

「我報了公安局，我把她葬在陶然亭，你當然知道陶然亭那裡有一個鸚鵡塚，她的墳就離鸚鵡塚不遠。我在她的遺物裡查出她少了許多首飾，我相信她是變賣了在維持她的私情。我也沒有對任何人提起。

「這件事情過後，我搬了家。吳笙英知道妻死，也非常表同情。兩個月後，我們也就正式結婚。我們過著很正常的家庭生活。但我感到我同吳笙英與我同蓓華是不同的，我有時也想到前妻，但吳笙英總是溫柔地勸慰我，叫我不要想過去的事情。這使我每次都覺得對吳笙英有自慚的感激。

「這本來是很平順了，但一年以後，真是奇怪，一件偶然的事情竟發生了！」

他這時突然停了，回過頭來看我一下，很奇怪的問我：

「你知道什剎海那邊有一個鴻升飯莊麼？」

「是的，有個飯莊，不知是不是叫鴻升。」我說。

「就在那裡。我店裡有一個職員在那裡結婚，請我去證婚。我證了婚，也吃了喜酒；那天自然還到了店裡許多同人，他們告訴我新房離那裡不遠，一定拉我一同去看看。大家愛熱鬧，我當然不好意思堅持不去。但是奇怪的事情發生了，一到那裡，我突然發現那所新房就是以前蓓華的祕密的情窟。我一問，知道他們是租了不久，我於是就問房東是誰？他們告訴了我。

「不知道是好奇還是妒忌，或者是一種說不出的心理。我竟想從房東地方知道一些關於妻的祕密。我於第三天請那個新婚的職員介紹我認識那個房東。

「那房東是一個道地的旗人，完全靠一些房租吃飯的，我同他談了兩次。第一次我去拜訪他，我先問他這房子的來歷，於是問他以前的房客，他告訴我房子空了很久。於是我說：

「『那麼十五個月以前呢？我相信那時你是有房客的。』

「『是的。』他說：『我租給一個有精神病的老頭子，他吸鴉片煙，脾氣很壞，有兩個人伺候他監護他，一個是五十幾歲，一個才二十幾歲。』

「『真的？』我說：『你不會記錯麼？』

「『我怎麼會記錯，那個監護他的佣人現在也找得到。』他說。

「『真的？』我突然興奮起來。『那麼他們的東家呢？』

「『死了。那老頭子過世了，才退找房子的。』

「房東這樣說著，忽然注視我一下，對我好像有了戒心。我於是就不再提起，我約他第二天吃飯。於是第二天，當他喝了幾杯酒以後，他又告訴我他本來不想把房子租給有神經病的人的，但因為他們肯出較高的房租，所以就讓他住了。

「『那麼房租是誰付的呢？』我問。

「『那個監護他的佣人，他叫老高。』

「『你是說老高還找得到麼？』

「『是呀，還有一個年輕的，我們叫他小朱，恐怕也在北平。』他說。

「於是又隔了幾杯酒的工夫，我又問他：

「『不知道平常有些什麼人來看他們麼？』

「『好像沒有什麼人。不過有一次我看見一個很年輕漂亮的女人去看他，後來老高告訴我她是神經病老頭子的女兒，她嫁了一個很有錢的丈夫，因為怕父親出醜，怕她丈夫麻煩，所以不讓別人知道……』

「當時我就不再同他談別的，我只要他為我找老高。他告訴我老高在東城開了一爿糧食店，隨時都可以去找他的。我於是就約他第二天帶我去看老高。

「在我進行這一切的時候，都沒有告訴吳筌英，回家還是同平常一樣。我於第二天下午同房東去找老高。老高是山東人，跑過許多地方，頭髮已經很白，我直截了當的告訴他我是主人的女婿，我請他一同到外面吃飯。就在飯桌上老高告訴了我一切。

「老高告訴我，姚老先生神經病已經是多年了，住過醫院，看過許多醫生，都醫不好。他愛擺架子，愛罵人，愛發脾氣，有時候甚至要打人。他老家還有點產業本來都由他弟弟管理，當時每天吵鬧，一定要自己管，結果現銀都讓人騙光，還吸上鴉片。騙光以後一直依賴他弟弟，但是病越來越厲害，於是他弟弟送他到醫院去住，他住了六個月病一點不好。回到家裡每天又對弟弟一家人發脾氣，說他們虐待他，還說他們吞他的產業……他弟弟也沒有辦法，又因經濟情形也不如以前了，就寫信給女兒，他女兒來信就叫他到北平來住。

「老高又告訴我他在姚家多年，所以不忍離開姚老先生，好在自己家裡沒有什麼人，就陪主人到了北平；而小姐是我看她大起來的，我也希望看見她，她也希望我肯陪她爸爸來。老高又說老人家一路來因為知道女兒嫁給一個闊人很高興，沒有發什麼脾氣。等到了這裡，他神經病像更加厲害起來，小姐不願給外人知道，租了房子，叫我照料他，另外還雇了小朱，但是老太爺還是每天說他小姐不好，虐待他，小姐每次來看他都不許她走，一定要騙小孩子似的騙他，約定確切的日期時間，方才肯放她。老高又告訴我，他小姐曾經請了許多中醫西醫，但都沒有用。後來只好聽他自然，小姐是關照我多給他一點愛吃的吃吃就算了。最後他病倒了，脾氣更壞，臨死那天，竟抓住小姐不放，把她衣服也撕破，臉孔也抓破了。他的病總是好好壞壞，死的時候又很突兀，他的後事我們幸虧早都預備好……最後老高忽然說：

「『小姐真是一個好人，她一切都信托我，因為我們看顧她父親很久；她還給我們一筆很大的錢。』

四

他說到這裡又回過來看我一眼，他說：

「老高斷斷續續的告訴我這些以後，我也不再問他什麼。我回到家裡，就把這一切經過告訴吳笙英，其實我那時候並沒有十分懷疑吳笙英，但是等我告訴了她，她的態度很使我奇怪，我問她：

「『怎麼那時候你真以為蓓華是另有私情呢？』

「你猜她怎麼說，她說：

「『我？我幾時同你說蓓華有什麼私情？』

「『你不是帶我到什剎海，去……』

「『那是你叫我陪你去的；你難道忘了？』

「『但是你沒有告訴我她的內幕。』

「『這是蓓華叫我守祕密的，你知道我不能不為朋友守祕密。』

「『那麼你是知道蓓華的一切的？』

「『我知道，但是蓓華的祕密，她不允許我告訴你，我答應過她，我怎麼可以不守信用？』

「『但是你說她不愛我了。』

「『我那裡說過這話？你再想想看，我只說每個人的愛情是不同的。』她說。

「我當時很痛心，沒有說什麼；但是我已經知道她當初的用心了。可是吳笙英忽然說：

「『你知道我早就在愛你，看你那麼可憐，我盡我所有來安慰你；難道你以為……』

「『但是她是你頂好的朋友！』我站起來說。

「『我始終很同情她，我一直叫你原諒她；我始終為她守祕密，我……』吳笙英說到這裡突然哭了。

「一時間我可覺得她太醜惡可怕，我對她一點沒有同情，我站起來離開她說：

「『她有什麼需要我原諒的？她沒有不愛我。她應當愛她的父親。她不告訴我她的一切完全是為愛我。完全是因為她愛我。你，你是我們的朋友，你……』我走到前面的沙發上，突然，我感到我是如何的對不起蓓華，我說不出話，我禁不住哭了出來。

「那時候我的心像一塊無法擺平的石頭，我覺得我太對不起蓓華，她是一個無法企及美麗賢淑的太太，但是我殺了她；一時間吳笙英在我的面前已變成惡魔，我覺得她可怕，可厭；我突然站起，拿了衣帽就跑出這個家，我一個人跑到了陶然亭蓓華的墓前，我懺悔痛哭，我想自殺。我逗留到天黑，天上浮起了一輪明月，我無法把蓓華從墳墓裡拉起，我無以自解。我坐在她的墓前，聽風吹動著蘆葦，我隨著蕭蕭的聲音失去了自己。一直到我的司機叫醒了我，扶我上車，但是我竟不願回家，我害怕再見到吳笙英，我一個人進了北平飯店。

「後來司機打電話給吳笙英，她來尋我；但是她的面貌表情只是使我感到害怕，討厭；她的聲音使我顫慄，我無法再有她在我面前，我騙她回去，我只一個人待在一間房裡。

「兩天以後，我店裡的同事發覺我精神有點異常，他們把我送進了醫院，吳笙英又曾來看我，但是我一見她就心悸。她的勸慰竟三次兩次的使我昏過去。於是店裡的同事就為我勸阻了她，一切照顧我，幫助我的是我們店裡的經理韓光疇。他真是一個好人。

「我在醫院住了八個月，店裡可出了事情。韓光疇因為怕刺激我神經不敢告訴我，但八個月以後，我的心神比較好一些，在我詢問店裡情形的時候，韓光疇才吞吞吐吐的告訴我，店裡已經負了許多債，而有幾筆債又急於要還。我們的店向來穩實的，這突然的變化很使我吃驚，最後因我的憤怒與焦急，我向韓光疇逼問，他才告訴我，張史存——我們的副經理同吳笙英勾結了搜刮了一切的現金，還常常借故同韓光疇吵鬧。

「你可以想像到我當時的情形。我當時大發脾氣，我摔毀我身邊一切的東西，我怪韓光疇老實，怪他不早告訴我，怪他無用。但是韓光疇告訴我，我的私人圖章全在我太太手裡，他有什麼辦法。又說他也曾對我提起過，而我當時神經失常，竟答非所問。是的，我的確什麼都在家裡，我那天只身出來後就沒有回去過。但是我的保險箱鑰匙在我身邊，我馬上同韓光疇到了店裡；是下午四點鐘的時候，但是副經理張史存竟不在，沒有人告訴我他去什麼地方。我打開保險箱，裡面有一些金條與股票，我把這些交給韓光疇整理店務；但同時我在保險箱看到了我藏在那裡的一支手槍，我就把它納入袋裡；於是我又查閱了店裡的賬目，詢問了店裡幾個月的情形。那時天已暗了，韓光疇請我吃飯，他勸我許多話，叫我應當消遣消遣，飯後他請我看戲。那天的戲是小翠花的翠屏山，戲很好，但是我一點也看不進去，但不知是否那戲有給我什麼暗示，我看到一半就跑了出來。

「『回醫院麼，先生？』我上了汽車，司機問我。

「『回家。』我說。

「到了家裡司機為我叫門。開門的佣人我已經不認識。司機告訴了她，但她自己大概有點害怕，一溜就跑了。這佣人很年經，也不知怎麼應付，我就跑到裡面。我打房門，隔了許久，吳笙英來開門了。她很鎮靜，非常溫婉的來迎我，但是我發現了沙發上一雙男人的襪子。我這時似乎已有點瘋狂，我失去過去的自制力，我推開吳笙英，我看了四周，又到浴室去，但正當我推開浴室門的時候，裡面的男人竟奪門而出，把我推倒在地上；他向房門外跑出去，但是我已摸出了手槍。我開槍，三響，我把張史存當場擊斃。我沒有等吳笙英說話，就開第四槍，我殺了吳笙英。』」

「啊！」我聽到那裡，竟不禁打斷了他的話語。但是他好像講故事一樣的一點也不緊張，他還是毫無表情的望著層雲疊霧的天空。天空上已沒有星影與月痕，一片漆黑籠罩了原野。他又繼續著說：

「我打電話給公安局，我自首殺了人。那時候我一點也不害怕，我的心很坦然；我願意死。因為我是已死的人。天賜我蓓華這樣一個太太，賢淑、美麗、高貴，有一切最優美的性格，但是我竟不知珍貴；我活在世上還有什麼意義？

「但是韓光疇偏請了律師為我辯護，又找了醫生證明我精神失常；法官似乎也同情我的情形，只判了我五年的徒刑。

「我於刑期滿了以後，一直住在北平；我租了一所房子，我同那個住在什剎海邊的同事交換，我於是住進了以前蓓華的父親住過的房子，同我的孩子。」

「你的孩子？」

「啊，是的，我有一個孩子是吳笙英養的。他現在已經很大。」

「現在在什麼地方？」

「在北平。」

「你很愛他？」

「他是我唯一的親人，我愛他，但是寵壞了他，他敗了我所有的家產。日本人來了，他勾結日本浪人，無惡不作；而他因我殺了他母親，他始終對我不能了解。」

「那麼你現在到重慶幹甚麼？」

「韓光疇在成都；他叫我去。」他說著一點沒有表情的坐在那裡，眼睛望著天空，黑黝黝的大地上一時竟沒有一點聲音，我們沉默地坐了許久，突然一陣風刮來，天忽然落起雨來。

「天落雨了。」我說。

他沒有理我，歇了一會，我又說：

「我們進去吧，雨大了。」

他不響，但忽然他說：

「這時候陶然亭的蘆花一定很好了，在雨中常常是最美麗的。」

「進去吧，你不冷麼？」我說著站起攙他起來，他也沒有拒絕，我拿了他手上的電筒，照著石板路伴他回去。

五

廚房裡有人已經醒來，他走進廚房，一個人到角落裡，打開手皮包，拿出酒瓶，喝了兩口，就靠在牆角上睡著了。

我想著他告訴我的故事，可再也無法入睡。天也很快就亮了，雨還在下。司機催我們起來，說要早點出發，我叫醒了這個可憐的人。我覺得我同他間似乎比昨天親熱了許多。但是他可毫無變化。

等我們再上了車子，他還是坐在我的對面，他仍舊望著窗外，一聲不響，時而閉閉眼睛，低著頭；他一直躲避著我的視線。

車子在不平的公路上顛簸，平原、山嶺、村落、小橋、溪河，一切的景色在震動中變化遷移。我一夜未曾合眼，這時候竟模糊地瞌睡起來。好像我也曾迷迷忽忽的醒過幾次，但隨即又昏睡過去。我清醒的時候，車子停在一個小鎮上，許多人都下去散步，好些小販聚攏來兜售食物。我振作了一下，也想下車去走動走動，但我忽然看到了坐在我斜對面的神祕的面孔，他竟仍是一點不動的出神地望著車窗的外面。我想叫他一同下車，但跟著他的視線，我看到窗外正是一家人家的大門，大門是黑色，貼著紅紙的對聯，上面的黑字正是寫著：「忠厚傳家久，詩書繼世長。」

我沒有敢去叫他，我一個人下車。在散步中，我幾次都想闖進那個貼著那聯語的大門。

傳統

一

今天，刀疤項成的心情同平時竟完全不同了，他已經決定，他不會改變；但是他的心竟有奇怪的不安與難過，十幾年來他曾經有過不少次重要的決定，決定了他不再計較成敗得失，他再沒有後悔，再不用考慮。無論什麼事要決定的時候他必須決定，決定了他就非常安詳，他可以很活潑，很正常的生活，他可以很安逸的就寢，一直到實行這個決定的時候。但是今天竟不同了，自從決定的一刹那起，他的頭腦沒有離開這個決定。說是他對於這個決定有所彷徨，他想取消這個決定，這是沒有的，他只是感到一種渺茫而不清楚的感覺。

他開了門，他穿過一間空疏的小廳，走進他一間很大的房間。他開亮電燈。他的房間比小廳大兩倍。在生活上，他用的實在只是這一間房，他總是一進來就到了房內。連小廳的電燈都不用開亮的。他脫去雨衣，拋到椅子上，於是他看一下手錶，是九點三刻。照他的計畫是應當撥好鬧鐘，馬上就寢，他可以有四個鐘頭的睡眠，這在他是非常需要的。但是，他並沒有照計畫做，他走到沙發旁邊，一倒身就坐了下來。他緩慢地抽起一支煙，把兩只腳擱到前面的小桌上。他又看一下錶。而時間對他竟沒有什麼意義，他並沒有想到睡，並沒有意識到時間。

他的視線看到牆上，馬上看到了牆上的照相。牆上有一張二十四寸的半身照相，是一個精神矍爍五十多歲的老人，有非常敏銳而有威嚴的眼睛，還有一派很動人的鬍子；他穿一件黑色的馬褂，挺著胸脯，額前有些皺紋，但只顯得他的經驗與閱歷，並沒有流露他的老態。

他是一個果敢的有魄力的有義氣的好漢，他是刀疤項成的師父。

刀疤項成注視那張照相有七八分鐘的時候，於是他看到另外一張照相，也掛在牆上，是一張十二寸的團體照相。在他的座位上，他並不能看得很清楚，但是他已經看得很熟，他可以說出裡面誰站在哪裡，誰坐在哪裡的。那是他師父五十歲生日時拍的。前排，坐在當中的就是他師父，左右都是來賓與他師父的朋友，站在他師父身後的一個就是刀疤項成自己，還有一個，……

他的視線又看到另外一張照片了。那是一張八寸的照相，就掛在團體像的下面。自然，他也清楚地知道裡面每個人的面目，但不知怎麼，他竟想看得清楚一點。他放下擱在桌上的腳，他站起來，走過去；他走到照相的面前，他竟留戀起來了。

坐在中間的還是他的師父，穿著短衫褲，右手握著兩個發亮的鐵球。後面，站在左手的是刀疤項成自己，右手的是，是刀疤項成的師弟，師父嫡親的兒子，青痣洪全。

他注視了那張相好一回，他忽然搖搖頭。

「他的相貌，竟這樣像他的父親！」他想。

二

刀疤項成的師父是金面洪九。

三十年來在附近水陸兩路上，沒有人不知道金面洪九；但是金面洪九在三十年沒有忘去他師兄禿頭蓋三。項蓋三就是刀疤項成的父親。

在項蓋三一生磊落的紀錄之中，他的死亡是江湖上遍傳的故事。項蓋三本是陸幫的領袖，在他們某一宗買賣上，一群合作的水幫出賣了他們，項蓋三的頭號徒弟因此死於非命。項蓋三在一年之中策劃各種明槍暗刀完成澈底的報仇雪恥，殺盡了十二個一級的對手。最後他自己也中槍重傷身亡。他臨死時覺得他完成了這巨大的報仇雪恥，自己的身殉是應該的。他叮囑金面洪九不要再圖報復，叫他根據他的原則領導兄弟們，又托他善視自己的孩子項成。項成那時候才六歲。

金面洪九承受於項蓋三的衣鉢，三十年來明刀明槍的爭鬥雖不下百來次，但沒有人有暗箭傷人，把敵手出賣給官方的行為。這雖說金面洪九為人有氣魄，夠義氣，但是項蓋三的英名與血還是最大的基石。又因為項蓋三掃盡了水幫的十二個頭目，使他們的所部都歸附了金面洪九，因此，金面洪九的勢力能遠超項蓋三，統攝了水陸兩路的買賣。這也是金面洪九的一生不能忘去禿頭項蓋三的原因。

刀疤項成到金面洪九家裡來的時候，青痣洪全才四歲，這是洪九第一個孩子，洪九的太太當然特別寵愛，對刀疤項成自然兩樣的。但是金面洪九為此甚至要與太太分居，這使洪九的太太不敢存有偏心，雖然暗地裡許多小地方對兩個孩子仍不能完全相同。金面洪九不久仍發現他太太的偏心，他把刀疤項成同自己睡在一起，而讓青痣洪全跟隨他的母親。

但儘管金面洪九對項成的愛護，幼年時代的項成實在遠不如洪全討人歡喜；這因為項成的相貌粗魯，濃眉闊嘴，扁闊的鼻子，完全像他自己的父親項蓋三，而洪全則是眉清目秀完全像他父親金面洪九。也許因為項成像項蓋三的緣故，使洪九對他特別寵愛；但也因為洪全像洪九的緣故，使洪九太太同弟兄們都喜歡青痣洪全。

在項成八歲的時候，洪九太太養了一個女孩，也是同她父親一樣清秀。有一副非常像她父親的漂亮的眼睛。項成那時已經很知道愛護小妹妹，但是對洪全還時常有小孩子的爭鬧；這常常使洪九的夫妻間有尖銳的衝突。但在項成十二歲生日那天開始，項成居然有了大哥的身分，知道對弟弟謙讓。不久，因為洪全在小學校被外人欺侮，項成盡了保護弟弟的責任，洪全就完全聽從了項成。而也因為洪全聽從了項成，使項成更知道了他師娘的偏心，比方食物，凡洪全的母親專留給自己的兒子的，洪全則反而偷偷地拿出來分給他哥哥；但是那時候項成已知道不應當讓他師父知道，也很大方的不去計較這些了。

就在這同一家庭而不是同一環境中長大，像洪九的面貌的是洪全，像洪九的個性的則是項成。

這所以對著他們三個在一起的照相，刀疤項成有這樣感慨。

三

刀疤項成離開了照相，順著牆壁踱過去，他不禁低聲的自語：

「要是師父沒有過世，要是師父還活著……」

很自然的，他看到了放在他床邊桌上的 張六寸照相。

那是他的師妹洪曉開。

她有她父親的清秀還有她母親的俏麗， 雙多麼像她父親的眼睛啊！他想。

刀疤項成拿起照相，看了一下，又放在桌上，桌上還放著紙煙，他無意識的拿起一支，點了煙，他回到沙發，又重新坐下，他又看了看手錶。

了解刀疤項成的是他的師父，愛刀疤項成的也是他的師父，世上沒有第二個人。

當曉開長大起來以後，金面洪九看她同項成青梅竹馬，兩小無猜，就決定把曉開給項成了。曉開對他並沒有不喜歡，也沒有在別人開玩笑的時候有異見。弟兄伙伴間，凡是在洪門進出的人，幾乎都以為這是已定的事實。即使是洪太太，也許她那時的心裡並不贊成，但當洪九這樣說的時候，她從來沒有提出過反對的意見。

但是他師父竟於四年前死了。

遠在洪九在世的時候，因為前輩的凋零，與項成的出色，他已是被認為真正的承繼者了。到了他臂上的刀疤成立以後，他的權威與聲望就再沒有人可以改變了。

這件事情不但使弟兄們對他折服，而且也使他師父對他敬佩。刀疤項成的名字就此在江湖中播傳。

這是郭勝成，洪九的一個部下，說起來還是項成的師叔輩，他為一個女人的糾紛砍傷一個偵緝隊長的手臂，偵緝隊長就借了別一個事故把他捕去。

兩方面爭的是面子問題，事情一弄僵，不用說將有廣泛的血案。

洪九為這件事情，很費躊躇。他是一個對什麼事都考慮得非常周密謹慎，但等決定了就再不反顧的人，項成的個性就完全像他。他當時派了部下同對方去說，對方的答語是：「除非你們金面洪九親自來講。」論事情本身，也許是對方錯，但對方不知道那是郭勝成的女人。郭勝成不應當動刀。他派部下去說是願意作金錢的賠償，但對方拒絕了。對方所說的話並不是具體的條件。金面洪九也願意自己出馬，但親自去講要仍是談不妥條件，那麼除了流血以外，就沒有第二條路可以選擇。就在他躊躇考慮的時候，刀疤項成進來了。

「爸爸。」這是他習慣了的稱呼。他說：「決定了沒有？」

金面洪九坐在藤椅上，左手撥動兩個鐵球，這是他的多年習慣。沒有說話，只是抬頭看項成一眼，似乎要試試項成有什麼主意。

「你讓我去一趟，好不好？」

「你？」金面洪九說：「同誰一道去？」

在金面洪九，他以為項成一定是同弟兄商量過，幾個青年人想出風頭，所以由項成來請示的。但項成竟說：「我一個人。」

「就這樣去麼？」金面洪九要知道的是項成的辦法。在這個場合上，辦法只有兩種，一種是拚，一種是賣情。他要知道的項成的辦法是哪一種。

「就這樣，」項成微啟厚闊的嘴唇笑著說：「不帶傢伙。」

「好吧。」金面洪九躊躇了一會，點點頭，撥動著鐵球站起來說：「你去吧。」

四

不用說，偵緝隊的人當然都認識項成，也知道他同金面洪九的關係。項成不願同他們談什麼，他要直接同黃隊長談。

黃隊長是四川人，身材高大魁梧，眉眼很有威儀，項成當然也早就見過他，但是沒有見過他綁著胳膊弔在脖子上的情形。他走進隊長房間，看他坐在藤椅喝酒，旁邊的桌上是一碟牛肉乾，一碟花生米，他就說：

「爸爸叫我問你好。」

他就坐在黃隊長的對面。

「謝謝你。」黃隊長方方的臉蛋斜了一斜說：「要是為討郭勝成而來，那麼請你爸爸自己來講。」

「我現在就代表爸爸，爸爸要知道的是隊長到底要什麼？要錢，我們談錢；要道歉，我們鴻升樓，只要隊長吩咐日子。」項成說到這裡，看了看隊長的胳膊露著輕笑說：「這點是小傷，算得了什麼，要因此而鬧意氣，那未免太女人見識了……」

「這點點小傷？」黃隊長說：「我也正要他受這點點小傷。」

「那還要你把他抓來麼？」項成一面站起來，一面大笑。

這有點激怒了黃隊長。

黃隊長的床邊正放著一把軍刀。項成一反身就拿在手中，這倒使黃隊長吃了一驚，他一起身，很快的摸身後的手槍，但是他發現沒有掛在身邊。

但是項成竟從容不迫的把軍刀交給黃隊長。他譏笑著說：

「要是把郭勝成綁起來讓你砍一刀，還不如現在砍在我這裡。」

黃隊長本來已有酒意，一怒一驚以後，又加項成的譏諷，他提起軍刀，竟向項成的臂上掠去。那是初秋的天氣，項成穿的是一件夾短襖，在項成的胳陣痙攣一下以後，血就像泉一般的湧出來了。項成微微皺了一下眉頭，馬上把手握緊了胳膊，但隨即發出爽朗的笑聲，他舉起黃隊長桌上的酒杯，一飲而盡。他說：

「謝謝你，再見，我回家去等郭勝成回來。」

項成一出門，就緊捏手臂，叫車到了醫院。

在金面洪九看到項成以前，他已先看到郭勝成回來了。

項成再會見黃隊長是兩星期以後，黃隊長的手臂已不用弔在頸上，但是綁帶還沒有去掉。項成的手臂則正弔在頸上。兩人不期相對一笑。黃隊長不禁問他：

「你胳膊怎麼樣？」

「一點點小傷，」項成毫不計較的說：「沒有什麼，沒有什麼？你呢？」

「項成，你要得！」黃隊長方方的臉龐一斜，一只大手拍在項成的肩上，就拉他進了茶館。茶館出來以後，第二天黃隊長拜訪項成，把那把軍刀送給了他，從此黃隊長就做了項成的至友。黃隊長流落過四路三江，認識不少江湖上的朋友，眼界向來很高，如今一談到年輕一輩的人才，他總是說：

「刀疤項成。只有一個刀疤項成。」

黃隊長兩年以後去了山東，有便人來去的時候，還不斷的通著消息，有闖禍失事流亡的朋友，還彼此介紹著招呼幫忙。

五

沒有再比金面洪九去世使刀疤項成傷心了，但是沒有一個英雄曾經克服過死亡。刀疤項成一生不知道流淚，然而這次他嘗到了眼淚的滋味。

在金面洪九臨死的病榻前，圍聚著重要親信的弟兄們，金面洪九當眾把衣鉢傳授給刀疤項成。於是他對刀疤項成叮囑他的原則；接著他吩咐自己的兒子青痣洪全，要服從刀疤項成；最後他把女兒叫到床前，正要吩咐什麼的時候，但是他已經發不出聲音，他死了。

他沒有遺言給他的太太。他一生有過不少的女人，現在的洪九太太也是妓院裡來的，只因她為洪九養了兩個孩子，到洪九五十歲的時候，才比較正式地把她當做太太。他以後也再沒有在外面惹事。

在他五十歲以後，他常常說，沒有一個頭子能完全逃出三種誘惑：酗酒、賭博與女人。禿頭項蓋三一生沒有敵人，但是他沒有征服酗酒，不少次為此麻煩，為此失腳，雖然他有本事去挽回。金面洪九自己知道他不酗酒，不溺賭，但是始終不能不喜歡女人；他常常對弟兄說起他什麼時候因女人同人樹敵，什麼時候因女人動刀，什麼時候因女人出事。他希望弟兄們能夠克服這些誘惑。他知道青痣洪全外面已有女人糾紛。他不願禁止兒子，他裝作不知，但是他一再暗示，即使喜歡女人，也不要把祕密告訴女人，把大事同女人商量，不要讓女人在事業上出主意，……。他特別看重刀疤項成，就因為項成似乎是第一個不被任何誘惑征服的英雄。他知道刀疤項成喜歡他的女兒曉開，他知道項成會因為愛他的關係，而特別敬愛曉開；他願意把曉開嫁刀疤項成，但是他竟在沒有成全他們的時候去世了。雖然沒有人不知道這是他的遺志。

金面洪九去世以後，刀疤項成承了衣缽，裡裡外外水陸兩路多少事情他都要擔承，他必須建立威權與聲譽。他沒有心緒，自然也不能，在師父死了不久就同師娘提到自己的婚事。

但就在這時候，洪九太太要帶曉開到外埠去了。她說她傷心，她不能再住在那裡，她要到上海去待些時候，那面有許多姊妹淘，可以比較作她的伴侶。她沒有同刀疤項成談到曉開的婚事，也沒有談到什麼時候回來。她退了房子，賣了家具，理了什物。

就在洪九太太走了以後，青痣洪全正式和姘婦住在一起了。刀疤項成於是搬到了現在的寓所。

刀疤項成順利而成功地建立了他的領導地位。沒有一個圈裡圈外的人不認為金面洪九的眼光，使他在死後仍保住傳統的威信。

但刀疤項成的成功倒並不使弟兄驚奇，使人驚奇的則是他始終沒有一點嗜好。他雖是包著許多賭場的臺腳，但自己連同弟兄們偶而玩玩牌都不來；他雖也偶而喝一杯兩杯的酒，但永無喝醉的日子，更不會沉湎；他對任何女人沒有興趣，在他們的圈子，有多少女人想能有他捧一點場，對他難免有賣俏獻媚的行動，但是他從未理會；他也沒有其他的消遣。

他是一個鐵漢。他認真，嚴肅，果敢……但是他是寂寞的。他的心有他最溫情的部分，沒有人了解他，也沒有人能想到，他自己也從不表露，他始終在懷念他的師妹曉開。

但是洪九太太與曉開走後，一直沒有給他信，一切的信都寫給青痣洪全，只在青痣洪全的信裡提到了他。他也曾寫一二封信去，這當然不是情書，像刀疤項成這樣的人是不會寫情書的。但是他始終沒有收到直接的回信，一兩句閑話也總是寫在青痣洪全的信裡。

青痣洪全則常常把上海來的信給項成看，信裡說的都是上海的生活情形，很少提到曉開的生活情形，只講到身體很好就是。唯一可以安慰刀疤項成的，則上海也不時有師娘與曉開的照相寄來。

但是從曉開前後的照相上，刀疤項成知道她已逐漸地同以前不同了。她的長長的辮子剪去，燙起頭髮；她像師父的平正清秀的眉毛，畫成了弓形；她的嘴唇，本來是平均的，現在上唇多了兩個銳角，下唇垂了一個圓肚；她戴上耳環，掛著項珠，手臂上的手錶換成纖小，指甲似乎也已修尖，還帶著一只指環。

看了這些照相的變遷，刀疤項成就更加珍貴他桌上的那張，那是師父還在世的時候的曉開，如今永遠在刀疤項成的桌子上。

六

一年以後，洪九太太在信中忽然說要回來了，她要租一所小巧精緻的房子，她只喜歡同曉開住在一起，但說到她有一個小姊妹要同她同來。她的信是寫給青痣洪全的，青痣洪全給刀疤項成看，大家都很高興。

船到的一天，兄弟兩個人一同去接去。刀疤項成發現師母胖了許多。那所謂師母的小姊妹，竟是一個年紀很輕的女人，她長得小巧玲瓏，皮膚雪白，腰細像楊柳，打扮妖艷，態度做作，說一口誘人的蘇白，曉開叫她「阿姨」，但洪九太太替刀疤項成與青痣洪全介紹則是曹三小姐。

曉開呢，要是在路上碰見，刀疤項成一定會不認識了。黃花姑娘日日變，曉開正是黃花的年齡。在她一切變化之中，刀疤項成馬上發現變化最大的是對他的態度；這態度，正像是曉開會見一個她父親新收的徒弟一樣。他問她上海的種種，她表示非常冷淡，好像表示講給刀疤項成聽，項成也不會懂得的一樣。其次，她同她母親與阿姨都講蘇白，好像同刀疤項成講本地話，也是一種寒傖似的。

洪九太太一行三人，但有二十八件大小的行李。刀疤項成也隨同青痣洪全到她們的家裡；但是一到家裡，幾分鐘以後，就不見了曉開同她的阿姨。刀疤項成同師母談了些普通的話，他很想探探師娘對她與曉開婚事的口氣，但看到這些情形，他竟失去了勇氣。

當夜，刀疤項成請他們吃飯。臨行的時候，還是由師母到裡面去催了三次，才看到曉開同曹三小姐出來，兩個人換了一樣的衣裳，扭扭捏捏，唶唶喳喳十分親密地一直在說話。

吃飯的時候，她們倆還是交頭接耳，時而唧唧嘴唇，時而尖笑一聲的在說話。刀疤項成聽不懂蘇白，不知道她們說些什麼。曹三小姐則只會說蘇白，同刀疤項成無法通話，所以項成幾乎沒有同她交談。而師娘則對項成問長問短。師父在世的時候，她對外面的事情從來不問不聞，如今似乎什麼都想知道，什麼都想參加一點意見起來。項成覺得很意外。

青痣洪全呢，也只同他母親談話，但是刀疤項成馬上發現他對曹三小姐注意了。

青痣洪全性格上什麼都不像父親，但是喜歡女人這一點則同他父親沒有差別。一年來他始終忠於刀疤項成，他敬愛刀疤項成，也有點怕刀疤項成。項成知道他外面有亂七八糟的胡調，知道他現在又同一個叫小澳門同居著；但這正同他知道許多弟兄有這些胡調一樣，只要不是傳統上原則上所不許的，項成也從來不去問他管他。在青痣洪全所接觸的女性裡，當然不曾有曹小姐一種類型；她的舉動，她的裝飾，她的意態，竟使洪全發現新大陸一樣的，處處都覺得新奇。

刀疤項成發現了這點，也馬上發現了曹三小姐也意識到青痣洪全在注意她了。她不時作有意識的展覽與挑逗，她同曉開作輕佻的撒嬌，但是眼睛斜睨著洪全。有時把聲音提高了一下，好像驚奇好像痛苦似的問一句洪九太太，但沒有等洪九太太回答，她一瞟眼看到洪全的視線，她突然撲嗤的笑出來；於是很快的用手上的一塊紅邊黃色的小帕掩住了小嘴。而奇怪的是曉開，她似乎非常聰敏的在一年之中學會了這些，她有很多的笑容，很多的動作。她有時也注意刀疤項成一下，但隨即注意到桌上的小菜。她忽然放下筷子，從手錢袋裡拿出粉盒，對著粉盒裡的鏡子，她用寇丹修塗過的手指撥動著頭髮。於是把粉盒收起，拿出一塊大紫花的手帕輕輕地壓壓嘴，微微地噓著氣。

七

飯局散了以後，刀疤項成同青痣洪全送她們回去，刀疤項成就回家了，青痣洪全也要跟著出來，但是他母親留住了他，說要同他說幾句話。

當天刀疤項成回寓，就很為曉開不安。他有點不喜歡她改了樣子，但是他竟是這樣的愛她；他把一切他所不喜歡的都推給曹三小姐，他覺得曉開本人並沒有改變，只要嫁給他，曉開永遠是那張放在桌上的照相裡的曉開。

他考慮了一夜，第二天他去拜訪一個他師父死後就退休的師叔，請他用第三者的口吻去向師母重提他師父當年的意思。他用非常不耐煩的心情等待那位師叔的回音。

那位師叔於傍晚時分來給刀疤項成回音，他告訴刀疤項成，他師母的意思是現在時勢不同了，上海場面都講究自由戀愛，女孩子大了，她也只好聽她自己意思。曉開雖是長大，但還是一個什麼都不懂的小孩子，貪玩貪吃，趁她年紀輕，做娘的也希望她痛快地玩幾年。成了家，隔一年就養孩子，這也太苦了。他師母並沒有拒絕，但只是說，慢慢的讓他們戀愛一陣，到時候他們自己會來說的。最後她同去說的人說：

「日子過得真快，九爺死了已經一年多，我們都也老了，現在是下一輩的世界，我們那一套已經用不著了。」

其實九太太同去做媒的人，年紀還差得很多，但是輩分上講，她是大嫂子，因此她用這樣的語氣。而這語氣在去說話的人聽來是可笑，在項成聽起來則正是師母的婉拒。

自由戀愛這一類名詞，刀疤項成聽見過，但在他生活中則沒有經驗過也沒有看到過。他倒也不是急於要同曉開結婚，只是覺得曉開不嫁他，就要被曹三小姐帶得越離他越遠，越離她父親的傳統越遠了。他很不解，他只感到莫名其妙的憂慮，他覺得難過。

這以後沒有幾天，刀疤項成忽然發現曹三小姐同曉開在賭窟裡出現了。

在那個城市中，一百多家忽開忽歇大小的賭窟，在項蓋三在世的時候起，就一直都由他們「抱臺腳」的。項蓋三當時立了兩個原則：第一，他們決不自己開檯子做老闆，這因為如果自己開檯子，別人的出了事，常常會誤會他們只保護自己，甚至會疑心他們為自己的生意，而故意破壞了人家；第二，自己的兄弟不許到任何賭窟裡去賭錢。到了金面洪九的手裡，又立了第三條原則，是凡是有作弊耍花樣的賭場，他們不但不抱臺腳，而還要撤臺。

刀疤項成知道了曉開在賭窟出現，他就去找他師娘。他以為師娘是不知道的，但是師娘竟很平常自然的說：

「現在時勢不同了，她們在上海玩慣的。好在是去玩玩，輸贏也不會大，你就隨便她們好了。」

當然她們並不能算是自己的弟兄，但是這很影響賭窟老闆與自己弟兄的心理。刀疤項成回來就下命令，叫任何人不要當她們有什麼兩樣，只是當她們普通的賭客好了。他相信如果輸到了某種程度，她們不是作罷，就會來問到他。那時候他再作對付的道理。

八

現在，忽然青痣洪全的行動有點異常了。小澳門先在別的弟兄面前說出青痣洪全常常好幾夜不回家；慢慢地大家都知道他常常同曹三小姐在一個地方過夜，突然小澳門到別處去了。刀疤項成向來不管弟兄們的私事，但對於曹三小姐同青痣洪全的事，他心裡非常不安，時時覺得這會發生什麼事情。他很想找一個機會同青痣洪全談談。可是，事情忙，大事多，想過了也就忘記。

可是，四個月以後，青痣洪全忽然來找刀疤項成，房間裡只有兩個人，他說：

「大哥，媽媽叫我來同你商量一件事情。」

刀疤項成馬上感到，一定是曹三小姐在賭窟賭輸大錢。他說：

「什麼事？」

但是青痣洪全似乎有點畏縮，他等刀疤項成回過頭去，走到沙發邊，他才說：

「媽媽想同曹三小姐們開一個檯子。」

刀疤項成坐下來，看青痣洪全一眼，他和緩地說：

「你怎麼不坐？我也有點事想同你談談。」

青痣洪全坐在刀疤項成的對面，似乎有點不知所措，抽起一支煙。

「你知道我們的傳統是自己不開檯子的。」

「但是媽媽。」青痣洪全說。

「師母是我們的師母，」刀疤項成說：「我們要尊敬她，要孝順她，要養她，但是外面的事情傳統上她不應當過問，尤其不能夠破我們多年的傳統。」

青痣洪全不響。刀疤項成又說：

「你老實告訴我，這是不是曹三小姐的意思？」

「我不知道。」

「你不知道，你同她在一起不知道？」刀疤項成說：「你應當叫你的女人聽你的話。如果你在聽女人的話，你應當記得師父的話，你將來一定毀了你自己的。」他說著站起來說：「你去告訴她我不許，如果她們要開，我不管她們。」

刀疤項成說完了就不管青痣洪全，自己一個人就走出去。

第二天，洪九太太忽然派人來請刀疤項成。項成知道一定為昨天青痣洪全來說的事，他很冷靜的去看他的師娘。他看到洪全以外好幾個弟兄都在座，沒有曹三小姐，也沒有曉開，九太太一看他進來就很客氣招待他，忽然說：

「我正在同他們商量我們自己開一個檯子。」

「師娘，這對我們傳統規矩是不合的。」

「但這是我的姊妹淘合股來開的，並不是……」

「師娘，不是我固執，」刀疤項成說：「這件事情希望你不要提起，如果她們要開，請她們同我直接來談，生意是生意。」

「但是我也有股子，她們都是我以前姊妹淘，還不是想混一點錢養養老。借我老頭子這裡一點根。」

「但是這是我傳統上所不許的。」刀疤項成說：「師娘如果一定要開，你去開，我不能為你們抱臺腳。」

突然，九太太哭了起來，這就驚動了在場的弟兄，她含糊地邊哭邊說：

「……我當你自己兒子一樣養大你，你竟這樣沒有良心……老頭子死了，你們就來欺侮我……你們都自己養女人，享福，我想自己做點事情，……我想幫幫姊妹淘的忙，你們都不許，……」忽然她停止了哭號抬起頭來，看刀疤項成一眼，又說：

「我偏開給你看，我一個人開，看你來把我打死。」

「師娘，」刀疤項成仍是冷靜地：「這什麼話？你要開，我不破壞也不保護，一切不問不聞。」

「你難道也不許我自己兒子保護我吧？」她說：「你不認我娘，他總是我親生的。」

「師娘，」刀疤項成說：「沒有人不在尊敬你，但你更應當尊敬自己，尊敬我們的傳統，就是爸爸也得尊敬傳統，是不是？」

「但是，我的姊妹淘，她們總不是我們可以限制的。」

「師娘，我的話也說完了，你也不必生氣，你們要開儘管開，我走了。」

但是九太太忽然又哭起來，她說：

「你不認我娘，我還有親生的兒子，你不認我師娘，也有有良心的弟兄們認我師娘，以後你隨便我死我活，你也不要來管我好了。」

刀疤項成這時候突然感到今天他們真正的目的，他眼睛看看青痣洪全，又看每一個在場的四五個弟兄。大家的視線都避開了刀疤項成的注視，但等刀疤項成看到最後一個人時，青痣洪全突然說了：

「大哥，既然媽媽想做點事，你不幫她，我當然要幫她的。」

「自然，你有你的自由。」刀疤項成響亮地說：「弟兄裡面要跟你，我也不阻止他。」

刀疤說完了又望望在場的四五個弟兄。

「大哥，」青痣洪全說：「那麼以後我們各管各的，誰也不要侵犯誰。」

「有師娘在一天，你們儘管幹你們的，不過希望你們常常想到一點師父。」

刀疤項成說完了就走了出來。

九

從此刀疤項成與青痣洪全分了家。

當然那後面策動的就是曹三小姐。

曹三小姐挑撥了九太太，控制了青痣洪全，於是先開了一個賭窟，又開了一個賭窟，五個月以後，她開了四個賭窟，她還從上海叫來了三個小姊妹，並且操縱了曉開的命運。

於是，刀疤項成慢慢的知道了她們的檯子不是正當的賭業。她們耍各種各樣的花樣，在騙取賭客的錢注；這已經破壞了金面洪九以來整個的傳統。刀疤項成本來想同師娘去談判，但後來估計這無非是遭她們的忌刻。他礙於師娘的關係，他不便採什麼行動，但是他終於發動了一種口頭的宣傳，造成了一種空氣，使賭徒們自動的不去做她們的主顧。

於是不到一月，青痣洪全的賭窟生意清淡起來。曹三小姐為對付這個局面，她發動了幾個姊妹去騙誘外埠的旅商來入局，而曉開竟也在被她利用。

刀疤項成知道了這件事情以後，他心裡非常難過。自從曉開上海回來以後，他常想找一個同曉開單獨談話的機會，但是竟是沒有。而刀疤項成又時常意識著他是一個頭子，一個好漢，他不能為曉開而使人家對他輕視，不能使曹三小姐更有中傷他的口實。因此，一切的痛苦他都悶在心裡，他沒有同任何人談。後來他與青痣洪全分家了，他很少到師娘地方去，同曉開見面的時候也更少，他已經好久不把這件事情放在心上；但是，當他聽到曉開也是打扮得妖形怪狀在勾引旅商的時候，他的心竟有說不出的難過。在刀疤項成的心裡，曉開始終是一個天真無邪的小妹妹，他沒有覺得曉開有什麼不好，不好的第一當然是曹三小姐。但是曹三小姐是女人，是青痣洪全的女人，青痣洪全在喜歡女人一點上像他的父親，但是他父親從不聽從女人的主意而青痣洪全竟全被女人操縱，在這一點上，所以他父親是一個好漢，而青痣洪全則不過是個膿包。刀疤項成因此想找青痣洪全談談，但是再一考慮，如果他說是師娘的意思，那麼他難道又去找師娘？他怕同師娘談話，師娘不會接納他的勸告，那麼他有什麼權力可以干涉師娘，而曉開歸根是她的女兒。刀疤項成想到這裡，他覺得只有直接問曉開，只要曉開肯接受他的勸告，肯了解他對她的關心，肯想到她父親過去的意思，他就什麼都可以幫助曉開了。

十

於是有一天，是黃昏的時候，正當曉開從一家鋪子出來，就被兩個人挾上了車子，他們包住她的眼睛，綁住了她的手。

她發了脾氣，說了許多話，但是那兩個人沒有理她；十幾分鐘以後，車子停了下來，他們把她挾下車，進了一個門，上了樓梯，又進了一個門，於是在她身後關了，有人為她解了綁，她自己扯下了眼睛的包布。

前面不是別人，是刀疤項成。
曉開的膽子突然壯起來，她說：
「是你，原來是你。」
「是我。」項成坐在沙發上冷靜地說。
「你要怎麼樣？」
「我想找你談談。」刀疤項成說：「你可以坐下來麼？」
「你有什麼話，說好了。」
「我不知道你現在這樣的生活是你喜歡的麼？」
「你管不著。」
「你覺得你的生活是對的麼？」
「你管不著。」
半晌，項成忽然指著牆上金面洪九的照相說：
「你還認識這個人麼？」
「你還記得他？」曉開譏笑著說。
「我沒有忘記他；我一直想著他，所以我一直也想著你。」
曉開這時候終於坐下來了。她說：
「但是你欺侮我母親。」

「我？」項成說：「你也許不曉得爸爸所傳下來的規矩。」

曉開沒有作聲，她忽然順手拿了一支煙抽。刀疤項成過來為她點火。突然，一種奇怪的本能使刀疤項成感到一種憐憫，他竟也有他從未表現的溫柔，他說：

「曉開，你也學會了抽煙，你去了上海以後，什麼都變了。」

「你不知道我們在上海的生活。」

「我想得到。」

「你不知道母親。」

刀疤項成不響，但輕微地冷笑一聲。

「你知道母親的想法麼？」

「她……？」

「她在父親死後，覺得這樣總不是正大光明的生活，總不是辦法。她想脫離這個環境，她希望我可以嫁一個規規矩矩的生意人，過正大光明的日子。所以她帶我去上海。但是到了上海，她交了許多有地位有資格的商人，但對我們都沒有善意。她跟他們賭，賭輸了錢；跟他們做生意，賠了本；她把手頭的積蓄都用光了；我也碰不見可靠的男人，我們只好回來。但是她感到她老了，你們的事情都不是可靠的事情，一旦出了事，你們都可以一溜了事，但是她同我怎麼樣？她自然要一點錢，要一點錢……」

突然，曉開拿出手帕，竟哭了起來。

曉開所講的，竟都不是刀疤項成所想的。他承繼著傳統活下來，他沒有想到他的事業是不可靠的，他從來沒有想到出事，他不知他的世界以外還有世界，他也不知道他的生活不是正大光明的生活。他始終以為曉開嫁給他是最幸福的婚姻，而如今他知道了更可靠的，有規規矩矩的商人。她母親要她嫁一個規規矩矩的商人，因為這比他可靠。

突然，刀疤項成發現了自己不是生存在光明裡面，他一直在黑暗中生活，他一時竟感到了一種說不出的黑暗，他第一次感到了萎頹。但是他馬上想到了他師娘在上海的失敗。她不但沒有為曉開找到一個正大光明的商人，還用光了師父一生的積蓄，而這積蓄也不是一個很少的數目。他問：

「但是爸爸死了以後，錢也不少……」

「你不知道上海是一個什麼樣的世界，是一個吃人的世界。我們到了那面，沒有碰見過一個好人。我們竟跳不出這個圈子，擠來擠去，人騙人，人欺人。即使在那個圈子裡碰到了好人，也不會相信我們是好人，相信我們想做好人。爸爸在這裡，做不正當的生意講規矩，在上海，做正當的生意都不講規矩。媽媽的錢，大部分都是這樣賠去的。媽媽說，趁我們在這裡有點勢力，我們應該痛快地多賺一點錢……」

曉開話沒有說完，但是不說了，她望著牆上父親的照相。

刀疤項成也望著師父的照相，他一時也沒有話說。他第一次想到師父的衣缽竟不是正大光明的事業，他第一次想到自己的世界竟不是完全的世界，也第一次想到自己並不是曉開真正幸福的對象。他想從新處理自己，但是他不知應當什麼樣處理，他覺得自己不是自己了。

半晌，曉開忽然站起來了，她說：

「我回去了。」

刀疤項成沒有挽留她，他也站起來，於是說：

「那麼你不必告訴她們，你到這裡來看我過。」

「那有什麼可告訴的。」曉開奇怪地一笑說。

刀疤項成突然覺得曉開也不是曉開了。

十一

自從那天以後，刀疤項成開始想到以前從未想到的事情，開始懷疑到以前從未懷疑到的事情。但是人儘管厭倦某一種生活，可不容易跳出那一種生活。人說生活是鬥爭，這在刀疤項成尤顯得真實，在許多事情堆在周圍必須應付的時候，生活只是一種習慣，而一切應付都離不開傳統。

就在傳統中過去了許多日子以後，忽然有一天，青風茶樓裡來了一個求見的人。刀疤項成不在，他留了一個名片，名片上是「楊福思四川灌縣」，上面寫著：

「明日四時當再來，黃超杰先生有信囑面呈。」

黃超杰就是黃隊長，他同刀疤項成一直有聯絡，有他的信。刀疤項成知道一定有什麼事，他於第二天四點鐘到青風茶館去等楊福思。他以為楊福思一定是一個江湖上的朋友，在山東闖了禍出了事，所以黃超杰介紹他來投奔刀疤項成的，但是出項成意外，楊福思竟是一個六十多歲拘謹老實的商人。他被帶到裡面的房間，似乎還有點膽怯，他說：

「這位就是項成先生？」

「我是。」刀疤項成說。

於是楊福思從袋裡拿一封信交給項成。他沒有說什麼。

項成看了他一眼，打開黃超杰的信，信上寫著這樣的話：

「成弟手足，特介紹世交楊福思老先生拜訪，面陳困難，尚祈仗義援救，感同身受。黃超杰。」

刀疤項成讀完信，他請楊福思坐下，敬了一支煙，他說：

「楊先生，有什麼指教？」

楊福思咳嗽了一聲，於是謹慎地說：

「事情都是那孩子不好，但是我只有這一個孩子。」他看了項成一眼。項成沒有插言。他又拘謹地說下去了：「他是一家四川行莊的職員，在兩個月以前，被派到這裡來收點款子，還帶來一批參茸，預備賣出了辦一些貨物回去。但就在採辦貨物的時候，他把錢都輸去了。據這裡人說，那家賭場不是規矩的。他輸去了錢，連盤費都沒有，他想在這裡自殺了，幸虧這裡有同行是我的朋友，勸阻了他，把他帶到家裡，但是這筆錢數目很大，我當然也賠不出。而店方當然是要賠還的。我沒有辦法，一面請店方把期限放寬，一面我想到黃超杰，我求他幫忙。他寫了這封信叫我來看你。」刀疤項成想了一想，開始問：

「你的孩子叫什麼名字？」

「楊嘉道。」

「他輸多少錢？」

「大概七千多塊銀洋。」

「你現在住在什麼地方？」刀疤項成又想了想忽然問。

「住在旅館裡。」

「預備住多久？」

「項成先生肯幫忙，我多等幾天也沒有問題。」

「你知道是哪一家賭場裡輸的呢？」

「在緯絡街。」緯絡街，刀疤項成知道那是青痣洪全與曹三小姐的住處，上等一點的買賣，都騙誘到那裡入局的。

「好吧，」刀疤項成說：「你隔三四天再來看我好了。」

但楊福思似乎還不放心，他說到如果這筆錢沒有辦法，他兒子固然活不下去，他也只好尋死。家裡除他同他孩子外再無男人，那麼一家老幼也總無辦法，遲早都要死絕，所以，他請刀疤項成想念他一家的生命，再看黃超杰的面子，無論如何放一點慈悲，救救他們一家的性命……

「我一定幫你忙，楊先生。你先回去休息休息。」

十二

刀疤項成對於楊福思的事情覺得沒有什麼可考慮的。第一：青痣洪全的賭窟要花樣騙錢，原是傳統上所不許的。第二：楊福思一家的生命現在完全靠他。第三是黃超杰的交情。他想了許多辦法，最後他還是決定一個人單獨去找青痣洪全。他不願碰見別人，尤其他的師娘。他於是一直到緯絡街賭窟去找青痣洪全。

那是夜裡十一點的時候，正是：桌牌九，兩桌麻將賭得很熱鬧的當兒。看風守門的人當然都認識刀疤項成的，他們沒有法子阻攔，但是他們陪他進門，在外面就大聲叫青痣洪全，告訴他老大來看他。

刀疤項成從來沒有到這裡來過，青痣洪全知道一定有什麼事。他從裡面迎了出來。他讓刀疤項成到了一間小房間裡，小房間裡沒有什麼布置。只是一張書桌同一只茶几，幾只藤椅，他讓刀疤項成坐在藤椅上。他自己坐在書桌邊。他開始問：

「大哥，今天怎麼會到這裡來？」

「我來打聽一個人。」刀疤項成直截了當地說：「楊嘉道。」

「啊，」青痣洪全說：「是的，楊嘉道。」

「他在你這裡入局過？」

「這是三個多月以前的事情了。」

「是的。」刀疤項成說：「但是他父親到這裡來，說他的錢是來辦貨物的，他們賠不出，一家老少怕都只好死了。」

青痣洪全愣了一下，忽然說：

「他也不過輸千把塊銀洋吧。」

「楊嘉道的爸爸是楊福思，他認識黃超杰，他說他兒子輸了七千多塊銀洋。」

青痣洪全不響。

「我的意思，」刀疤項成說：「你把這個錢還了他算了。」

青痣洪全不響，他有點為難。

「你們玩了那麼久，」刀疤項成又說：「這是我第一次來講情。買我這哥哥一個面子！」

「我想，」青痣洪全說：「大哥，你明天同媽媽去講好不好？這錢我都已經交給她了。」

突然，刀疤項成站了起來，他堅定地說：

「你不要推給師娘身上。」於是他又改了和緩的口氣說：「這件事你也不必告訴她，你先湊這筆錢還他，以後你再填補上去好了。」

「你以為我可以湊出這樣大的數目麼？」

「你可以向曹三小姐去拿，」刀疤項成說：「如果你不能管你的女人，我也有辦法叫她還出來。三天裡面，我希望你送七千塊銀洋來，救人家一家性命，買一個黃超杰面子，你不要以為你這樣可以活一輩子。你也會有日子叫黃超杰幫忙的。如果你不送來，那麼我去找曹三小姐，我知道這些錢大都在她手裡。」

刀疤項成說完了就往外走，青痣洪全還想說什麼，項成已經不再理他。

刀疤項成走後，青痣洪全回到裡面去。裡面的曹三小姐仍在打牌，但是她的心一直關念著青痣洪全與刀疤項成的談話，一見青痣洪全進來，從他的面色已經看出了刀疤項成給了他一些難題。她知道青痣洪全有話同她商量，她沒有作聲，三付牌以後，她才叫她身後一個姊妹為她抬轎，她同青痣洪全到了剛才招待刀疤項成的房間內。青痣洪全開始告訴她刀疤項成的來意。

曹三小姐聽了想了許久，她說：

「那麼你的意思呢？」

「我沒有什麼意思。」

「如果不給他，有沒有什麼辦法呢？比方說叫他師娘同他說。」

「但是他不希望媽知道，也許媽同他說他也不理，他只是對你說話。」

「你以為這是沒有法子對付他嗎？」

青痣洪全搖搖頭。

但是曹三小姐忽然說：

「我到要看看他的顏色。看他怎麼來找我。」

「他把你綁票到一個船上，比方說……」

「你沒有自己的人嗎？」

青痣洪全搖搖頭。

曹三小姐想了一會，哼了一聲說：

「這樣沒有辦法，那麼只好把錢送給他去了。」但是，她並不就此出去，她還在小房間裡思索，忽然說：「這樣我們還幹什麼？我們辛辛苦苦弄來的錢，他隨時來要，我們都得給他。」

青痣洪全不響，曹三小姐忽然說：

「你也太沒有用，這許多日子來，還不能把弟兄拉到我們這邊來。」

「就是弟兄們幫我們，也沒有什麼用。」青痣洪全忽然說：「難道弟兄們敢去對付他？」

「那麼，難道就讓他對付我們。」曹三小姐說：「我可不幹，我們辛辛苦苦的倒為他做，沒有人對付他，我去對付他。」

「你？」

「是的。你明後天只管把錢送給他去。」

「你打算怎麼？」

「你是你爸爸嫡親的兒子，你媽媽也在，你怎麼讓他搶去了老大的地位？你真是沒有用。」

「但是他是大哥，是父親把地位讓給他的。」

「你真沒有志氣。」曹三小姐說：「我辛辛苦苦的為你媽媽為你打算，現在總算可以自己有一個地盤，他倒還要來霸占。好，好，看我的。只要你打聽他的腳跟，我有辦法。」

「你要怎麼樣？」

「你知道那個張督察長嗎？我已經同他弄得很熟。我有辦法叫他去對待他。只要他去掉，弟兄還不都是你的？」

「但是，但是這怎麼可以呢？這不是出賣他嗎？」

「他來為別人要錢，難道不是出賣我們嗎？你不要太好。他不去掉，我們的一切還不隨時是他的。他隨時來要什麼，你都得給他什麼。他一去掉，他的一切也就是我們的了，你就是老大。」但曹三小姐接著就換了口氣說：

「現在不要說了，明後天你客客氣氣把錢還他們去。我們再慢慢商量，總要不讓一個人曉得才好。」

青痣洪全不響，想也許曹三小姐的話是對的，但是他總覺得有什麼在牽制他贊成這個建議，最後他說：

「我們是不是可以同媽媽商量商量。」

「不要，不要。」曹三小姐笑著說：「你什麼都交給我，我會弄得不給一個人曉得，你等著現成做頭子好了。」於是她親暱地靠到青痣洪全的身邊，輕輕地說：「做了頭子可不要忘我。」

青痣洪全左手摸摸曹三小姐小圓的臉龐，沒有作聲，他眼睛看在別處，心裡還在想什麼。

「現在不要想它，我們再商量，再商量。」

曹三小姐手臂挽著青痣洪全的手臂，她就帶他出來了。

十三

在這間談話的小房間後面，是一間浴室，浴室的後面是一間寢室。這不是公開給賭徒們的地方，所以在這間房間裡的談話，應當不會給別的人聽見的，但是竟也有人在竊聽。

這是曉開。

曉開本來是站在牌九檯的外圍賭錢，聽說刀疤項成來找洪全，她知道這一定有什麼事。她從寢室溜到浴室，間隔浴室與談話的小房間的牆上有四扇氣窗，她站在浴缸邊沿，聽到了每一句刀疤項成與青痣洪全的談話，就在刀疤項成走了以後，她跑了出來。但又在曹三小姐與青痣洪全出去了以後，她又跑進浴室，她同樣的聽到了她們每一句的話語。

自從她與刀疤項成單獨會見以後，她的心常常有一種說不出的抑鬱，總覺得好像是她媽媽或者哥哥有對不住刀疤項成的地方。當她聽到了青痣洪全與刀疤項成談話以後，她馬上想把這一切告訴她媽媽，但是再一想，她想到媽媽一定會同曹三小姐提到，這樣反而會把事全弄壞。她沒有什麼道德標準，她同情那一家幾口都要尋死的故事，但是她知道她媽媽到上海以後的錢也是這樣被人家騙去的。她沒有討厭曹三小姐，但曹三小姐要出賣刀疤項成則是她害怕的。她的心非常不安。她時時想問問洪全關於事情的發展，但是她無從問起。她沒有想到把這事情去報告刀疤項成，但總覺得他們兩兄弟應當和好合作。在她不安的心底，她希望她同她媽媽曹三小姐可以仍舊在上海。

沒有人知道曉開含糊而奇怪的不安與痛苦，她非常敏感地注意事情的發展。第二天，她知道七千塊銀洋已經還給刀疤項成去了。

以後，她又看到曹三小姐同張督察長接近起來。

她看到青痣洪全跑進跑出，同曹三小姐談些什麼。

她似乎感覺到事情已經緊張起來。

大概是半個月以後，那天氣已經有點寒意。天又下著雨，曹三小姐忽然非常高興地約曉開去吃火鍋，沒有曉開的媽媽，沒有青痣洪全，只有二三個姊妹淘。

就在席上。幾杯酒以後，曹三姐忽然說：

「明天起好了，我們可以多開幾個賭窟。」她於是又說到寫信到上海多約一些姊妹淘來，大家可以好好做點生意。她問桌上的姊妹們，上海有什麼人可以約。接著她就談到一個一個的名字，整個席上的話題沒有離開這個。

曉開一瞬間忽然有了特別的感覺，她的心非常不安。飯後她們還要去看戲去，但是她推說不舒服，一個人叫了一輛汽車就回家了。

在車子上，她的心竟無法自制，車外還是下著雨，油滑的馬路反映著黯淡的街燈，她感到一種寂寞與恐怖。

車子在門口停下來了，但是她忽然浮起了一種從來未曾有過的念頭，她叫車子開到了刀疤項成的寓所。

就在曉開要打門的時候，剛剛刀疤項成出來，他說：

「你？你怎麼會來？」

「我有要緊事情。」

項成沒有再說什麼，很快的把她帶到裡面，穿過一個廳堂就是他的房間，走進他的房間，他說：

「你在這裡等我好麼？我出走一兩個鐘頭就來。」

「不，不，你不要去。」曉開走近了項成說。

「我有要緊事情。一筆私貨，很大的生意。」項成推開曉開說。

「我知道，我知道，不管什麼，你千萬不要去。」曉開拉著刀疤項成的雨衣用她特有的酷肖金面洪九的美麗的眼睛望著項成說。

一瞬間，刀疤項成似乎發覺什麼。他睜大了眼睛，有十秒鐘的工夫，突然說：

「謝謝你通知我。你等我。我去了就來，你放心好了。」刀疤項成說著就推開曉開，很快的就出去了。

十四

曉開只想阻止項成出發，她並沒有想告訴項成什麼；但是她發現項成似乎已經什麼都知道了。現在她不得不等項成回來。第一，她有奇怪的感覺關心項成。第二，她必須等他回來後勸他不要再謀報復。

然而時間在期待中竟這樣的吝嗇。她看看錶又看看錶，坐坐那把椅子，又坐坐這把椅子，她聽外面的雨聲，忽而大，忽而小，遠處響著隱約的車聲，隔鄰傳來無線電的聲音，她開始在房中蹓躂。突然她看到了牆上她父親照相。這是一張掛在她母親房中一樣的照相，但是竟好像特別的生動；這因為她從來沒有在她母親房內這樣看過他父親的照相；她注意許久，於是看到了那張團體像，她看到站在她父親後面的兩個哥哥，同周圍那些弟兄，那裡面沒有她沒有她母親，那裡面沒有女人。

於是她看到穿著短衣手裡握著鐵球的父親。左右站著刀疤項成同青痣洪全，他們倆如此竟不能在一起。她於是看到了放在床邊桌上的那張架鏡框的照相。她先還以為是一個什麼別的女人，拿來一看，才發現是自己，然而竟是這樣的不像自己。她梳著兩角長長的辮子，臉上浮著憨笑，穿一件絨線衫，兩手插在袋裡，她想不起這是哪一件絨線衫，她甚至忘記了是什麼顏色。突然，她想到一個奇怪的問題：

「他難道沒有一個別的女人？」

「父親有的，哥哥有的，他難道會沒有？」她又想。

她看到了香煙，她從鑵裡拿了一枝，她點起煙，走回原來的地方，她又看錶，已經一個多鐘頭過了。

突然，她想到刀疤項成是否已經遭了毒手？他為什麼一定要去？她一直沒有想到有問題，好像她告訴他，他就沒有問題了；但一想有問題她竟害怕起來。如果出了事將怎麼樣呢？青痣洪全是頭子，曹三小姐將有更多的賭場，她母親可以有更多的錢。這是以每個賭窟每一個月計算的。但是如果曹三小姐不給呢？不，曹三小姐不會不給。如果不給，這就輪到她說話了。

於是她又想到曹三小姐的可怕，她一直不知道她是這樣的可怕；她只佩服她的能幹與聰敏，她還覺得她會打扮。她忽然感到她應當早一點來報告刀疤項成，可以使他有點準備；如今也許真的來不及了，如果他出了事，那麼又將怎麼樣呢？

只要她把出賣刀疤項成的人，告訴哪一個兄弟，誰都會替刀疤項成復仇的。那麼，那麼，……但是他們一定會尋到青痣洪全，但是青痣洪全是她的哥哥……還有他是母親唯一個的兒子。

不知怎麼，她突然禁不住啜泣起來，她不知道是哭刀疤項成，還是哭青痣洪全，還是哭她自己。

外面的雨似乎更大。房內更形悽寂，突然，她聽到了汽車的聲音。

「會不會是刀疤項成回來了呢？」她想。

「也可能是青痣洪全，他已經知道了刀疤項成遭了毒手……」她又想。

於是曉開竟禁不住哭了。

忽然她聽到門響。她停止了哭泣，霍然像吃驚一樣站了起來。她聽見腳步響，很快的很重的，於是看到有人闖進來了。啊，是刀疤項成。

「啊，你回來了！」她迎上去說。

「四個弟兄被抓去了，一個還受了傷。」刀疤項成又怒、又氣、又急、又疲倦的，連雨衣都沒有脫就坐倒在沙發上。

曉開很想說什麼，但是竟說不出什麼。

半晌，刀疤項成忽然跳起來說：

「你是知道這件事的？那麼是誰出賣了我們？」

「我不知道，我只知道消息不好，所以來告訴你，免得你……」

「你怎麼知道消息不好？」

曉開說不出什麼。但是刀疤項成逼近到她的面前，他厲聲的問：

「你怎麼知道的，誰告訴你的？還是你從誰那裡聽來的？」

曉開突然哭了。她說：

「我要回去了。」

「曉開，你不說也許是對的，但是你說不說都是一樣；明天我們就會知道，而這是不能放鬆的。」

「大哥。」曉開忽然害怕起來：「你可不許……」

「這是爸爸定下來的規矩，誰出賣弟兄誰就不能逃出血債的。」

「但假如我不來通知你呢？」

「我死活都是一樣，誰出賣弟兄誰都不能逃這個血債的。」

「但是，但是……」曉開忽然說不下去，她沉吟了許久，於是突然又振作起來，像爆竹一般聲音說：

「是我，這是我，是我出賣了你們，你把我殺了好了。」

「你？」刀疤項成用非常銳利的眼光盯看曉開，這眼光使曉開怯步了。但是刀疤項成忽然歇斯底裡地笑了，他笑得非常可怕，忽然說：「不是你，不是你，你不會的。」突然他又緩和下來，他鎮定了一下自己，他走到一個櫥邊，他打開櫥門，他拿出一瓶酒一只杯子，他倒了一杯，一口喝乾了，於是又把瓶子杯子放在櫥裡，他說：

「曉開，你該回去了，我送你回去。」

十五

今天，刀疤項成已經確切地知道是誰出賣了他們。血債，這是沒有還價的。他知道他自己的父親禿頭蓋三就是為討血債死的，但是他在江湖上留下了無法磨滅的英名。他還知道這是他師父金面洪九所堅守的鐵則，什麼事情都可以「叫開」，什麼事情都可以「還價」，然而血債，一分是一分，一釐是一釐。

但是，他始終沒有想到這會必須他自己來動手，他還以為這是別人都可以做的事情。等到要決定要誰去擔任這工作的時候，他發現這件事情竟非他自己去辦不行。他決定了，他決定自己去辦。他已經決定，他不會改變；但是他的心竟有奇怪的不安與難過。這不是彷徨，不是猶疑，這只是不安。他從來沒有在一件事情決定以後會這樣不安，他不是害怕，不是膽怯，他一生不曾有過這種奇怪的感覺。

他看看錶，又看看錶；他坐坐那裡，坐坐這裡；他在房間內不斷的走；他看看這樣，看看那樣；他於是又看到了照相。

「他竟是這樣的像他的爸爸！」他自語地說著：「而必須我自己去動手！」

他知道這沒有對不住他的師父，如果他的師父在世，青痣洪全做了這樣的事，也無法逃避這個命運。但是他知道這是曉開所不能諒解的。

曉開也無法了解為什麼爸爸一定要緊守這個傳統，那無法還價的傳統。這是因為賣友的人會永遠賣友，一次賣友就無法停止這輕而易舉的陰謀。會出賣哥哥的人也會出賣妹妹，而在必要時也會出賣媽媽。

曉開不了解這個，而當然更料不到由他去執行這件工作。

他完成了這個任務以後怎麼樣呢？他知道這沒有第二條路，他自首，或者流亡。他不願自首，他將流亡，他將流亡到山東。山東有黃超杰在，他可以在那面隱去。

但是這裡的世界呢？這世界也許散了，也許完了，也許由陶雄來支持，這是他的師弟，這個人勇而無謀，忠憨而不夠機警，見識還不夠廣大，他不知道他是否可以穩定下來？

於是他想到了曉開的話，「……不是正大光明的事……」，「……嫁一個可靠的正大光明的商人……」。他從來沒有想到他所承受的不是正大光明的事業，一直到曉開的點破；世上的確還有有錢的正大光明的商人，那麼為什麼要讓曉開跟他呢？自從那一天以後，他心裡就有了自卑的黑影，他開始發覺自己居住的行動的總是地下，而不是光明正大的地上？……

外面還是下著雨，比昨天少，但是從昨天到今天，忽小忽大的竟沒有停過。他跑到窗口，窗口的街燈是黯淡的，油亮的馬路上閃耀白光，冷落地有一二行人匆匆地走過。有風吹進窗口，他感到一陣清寒，又看了一下手錶。

「已經是時候了。」他想。

他選擇了這個時候。這因為他不願意不讓青痣洪全知道他該死的原因，他不願意暗地下手，他還要曉開知道這是他做的。

他到了床邊，他從枕邊被褥下拿出了手槍，拉開槍膛看了一下，納入了袋中。

他於是走到房中的櫥邊，他打開門，拿出酒瓶與酒杯，他喝了一杯。他很快的放下酒瓶與酒杯，他走到椅子旁邊，披上了雨衣，他又把手槍從短襖裡拿出，插入了雨衣袋裡。忽然他停了一會，他又到一個抽屜裡掏出另一把手槍，納入另一只雨衣袋裡。於是他走到了金面洪九的照相面前，他站了一會，又望到那張團體相，看完了那張團體相，他很快的看到了他同青痣洪全伴著師父的照相，這次他看了很久。他又自語地說：

「他像他，真像。真像他的父親。」

他又到床邊的桌上去看那張曉開的照相，他看了一會，很快的把它納入了雨衣內袋裡。於是他走出門房，關了電燈。

房中還有一點光亮，那是窗外的街燈照進來的，它伴著窗外的雨聲，有一種說不出的淒涼。天是灰的，風搖著街樹窗臺，雨仍在下。兩點鐘時候，緯絡街的賭窟開始清靜下來，青痣洪全同曹三小姐送最後一批客人出門，賭檯旁除了在收拾打掃的佣人以外，只有曉開在理桌上的籌碼。

突然，曉開感到一種空虛，而從昨夜開始的不安與害怕，就乘隙而入的填滿了她的心頭。

曉開於昨天到家以後，她曾聽到刀疤項成關照司機的不是回家，他是上那裡去呢？會不會很快就要去報復呢？她一走進家門，心裡就再不能安詳。她是不是要告訴青痣洪全，或者告訴曹三小姐，再不然先去同她媽媽商量商量？但是她都沒有做，她覺得她總應當告訴一個人，但不知道告訴誰好。她覺得她應當漏一點風聲給青痣洪全，但不知道什麼時候，不知怎麼樣透漏才好。

她知道事情一旦開始就無法挽回。她告訴誰，一說出就無法收回，一切以後的演變她就無法控制。她不知道昨夜把消息透露給刀疤項成是不是對的，但一透露以後，一切似乎都只好由刀疤項成去支配了。她覺得這事情至少還要幾天，她也許可以再去看刀疤項成一次，也許可以把他勸阻，也許可以叫他同青痣洪全大家坦白地談談。但是她始終沒有決定，她對一切都不會決定，最後的決定不過是一時的衝動，昨天去看刀疤項成就是連自己都一點沒有預先想到過的事。

但是她不安，她的心不安。

她去上海的時候還什麼都不知道，回來以後，她對刀疤項成沒有什麼想像。第一次印象是他與青痣洪全分家，第二次就是被綁到刀疤項成的地方。第一次同情她自己的母親，覺得刀疤項成是對不起她母親的，她怕他，也有點討厭他；第二次，她覺得她對刀疤項成有說不出的對不起他的地方。但自從昨夜以後，她開始不安而現在突然感到了一種害怕。

出賣弟兄的沒有還價，那麼她把這消息透露給刀疤項成，是不是算出賣弟兄呢？儘管事情有許多不同，但是出賣似乎沒有一樣。

她覺得最好還是在上海，她同母親在上海，那麼可以沒有這些事情，有這些事情她也可以不管。只有從上海回來以後，她才知道刀疤項成是一個可怕的人物，而他的生活也是可怕的生活，她覺得曹三小姐是聰敏的能幹的。她帶她到比較平易的生活，而假如沒有刀疤項成來追還那筆錢，那麼這樣過幾年以後，她母親也可以多一點錢，大家又可以回上海去了。但是人家一家要尋死了，當然很可憐，但是她也是一家。……

曉開沒有一個立場，也沒有一個道德的標準，但她有一種直覺，覺得一種不安與害怕，她也不一定在尋辦法，她不知道應當怎麼做。

但當她並不能有什麼行動，並不能有什麼一定的想法的時候，她只想多多忘去這份煩惱，她更覺得同曹三小姐在一起是一種依靠，而賭博可以使她忘去這些思慮。

但現在賭散人靜，她突然想到昨夜，想到昨夜刀疤項成不可挽回的堅決，想到他送她回家後沒有就回家去，於是她又害怕起來。她怕刀疤項成馬上會發動報復；那麼是在什麼時候？會不會現在就在發動？她覺得她今夜必須告訴青痣洪全同曹三小姐，她發覺自己曾經於昨夜出賣了他們。

她聽到腳步聲，她的心也驟然跳了起來；但是她馬上聽到了曹三小姐的笑聲，她似乎也感到一種歡慰。

曹三小姐和青痣洪全在門口出現，曉開故意要發生一點聲音似的，她隨便要找一句話說：

「今天那姓趙的傢伙怎麼沒有來？」

「大概輸光了。」曹三小姐說。

就在這句話還在空氣中浮蕩的時候，門口有一個穿雨衣的人出現了。

曉開站在桌前，正對著房門，她一眼就看清是刀疤項成，她吃了一驚。青痣洪全正走到曉開的左手，曉開就靠到他的身邊去。曹三小姐在她右邊，還遠著幾步。但曹三小姐也已經發現了刀疤項成。青痣洪全一轉身看是刀疤項成，他面色刹時變紅變白變青，他想說什麼，但是刀疤項成兩手插在雨衣袋裡，鐵鑄一般的站在那裡，面上毫無表情的，眼睛盯著青痣洪全說：

「洪全，你當然知道出賣弟兄的人是從來沒有還價的。」

青痣洪全不響，他後退到了一個酒櫃邊去。刀疤項成又說：

「你知道了，就不要怪我無情。」他忽然又說：「自從爸爸以來，幾十年我們都沒有出事，但是這次，四個弟兄被抓去了，一個還受著重傷，聽說已經死了。這是沒有還價的。但我不願意你同操縱你的人死得太糊塗。」

說到這裡，他不響了，他很緩慢地右手拿出手槍來，他向左面開去。

一聲慘叫，曹三小姐倒地了。

就在刀疤項成緩慢的動作中，青痣洪全已偷偷地拉開酒櫃的抽屜，摸到了手槍，他在曹三小姐倒地的一瞬間，很快拿了出來；但是刀疤項成的左手在雨衣袋裡發槍了。

青痣洪全應聲的倒了下去。

曉開在第一槍曹三小姐慘叫一聲以後，她嚇得愣了。在第二槍青痣洪全倒下去的時候，她狂叫起來，她俯身去看青痣洪全，但是她看到他只有一陣痙攣，他的手已經放鬆了手中的槍。

曉開這時候忽然有一種莫名其妙的衝動，她突然感到她哥哥是她出賣的。她沒有想到對方是誰，她拿起手槍就射過去，等兩聲響過以後，她才抬頭去看刀疤項成。她愣了，刀疤項成一點沒有動，他鐵鑄一般的站著，右手的槍正對著曉開，他臉上沒有一點表情，眼睛盯著曉開。大概有一分鐘工夫，突然，他狂笑一聲，他把槍拋在桌上，用右臂在桌邊支持了倒下去的身體。

這時候，曉開竟本能地奔到他的身邊，她似乎不知所措的想說什麼，想做什麼，但是她沒有說也沒做，她張大了她爸爸傳給她的美麗眼睛望著刀疤項成。但是刀疤項成竟站直了，他把手臂放在曉開的肩上。曉開這時候才想到拉一把椅子給他，刀疤項成坐下來說：

「你的眼睛很像爸爸。」忽然他痙攣了一下，曉開看到了他肋下與腰部的血流。她想去找什麼人，但是刀疤項成拉住了她說：

「你找陶雄，叫他想法把你同師娘送到山東，山東……你找黃隊長，他一定會照顧你們的。」

曉開突然伏在他的膝上哭了起來，但刀疤項成拍著她的手。他突然從袋裡摸出一個帶著鏡框六寸的照相，放在曉開的手上低微地說：

「曉開……你沒有錯……你……做得……很對……。」

徐訏文集・小說卷14　PG1869

結局

作　　者	徐　訏
責任編輯	洪仕翰
圖文排版	周妤靜
封面設計	王嵩賀

出版策劃	釀出版
製作發行	秀威資訊科技股份有限公司 114 台北市內湖區瑞光路76巷65號1樓 電話：+886-2-2796-3638　傳真：+886-2-2796-1377 服務信箱：service@showwe.com.tw http://www.showwe.com.tw
郵政劃撥	19563868　戶名：秀威資訊科技股份有限公司
展售門市	國家書店【松江門市】 104 台北市中山區松江路209號1樓 電話：+886-2-2518-0207　傳真：+886-2-2518-0778
網路訂購	秀威網路書店：http://store.showwe.tw 國家網路書店：http://www.govbooks.com.tw
法律顧問	毛國樑　律師
總 經 銷	聯合發行股份有限公司 231新北市新店區寶橋路235巷6弄6號4F 電話：+886-2-2917-8022　傳真：+886-2-2915-6275

出版日期	2017年9月　BOD一版
定　　價	360元

Printed in Taiwan

國家圖書館出版品預行編目

結局 / 徐訏著. -- 一版. -- 臺北市 : 釀出版,
2017.09
面 ; 公分. -- (徐訏文集. 小說卷 ; 14)
BOD版
ISBN 978-986-445-219-4(平裝)

857.63 106013823

讀者回函卡

感謝您購買本書，為提升服務品質，請填妥以下資料，將讀者回函卡直接寄回或傳真本公司，收到您的寶貴意見後，我們會收藏記錄及檢討，謝謝！如您需要了解本公司最新出版書目、購書優惠或企劃活動，歡迎您上網查詢或下載相關資料：http:// www.showwe.com.tw

您購買的書名：＿＿＿＿＿＿＿＿＿＿＿＿＿＿＿＿

出生日期：＿＿＿＿年＿＿＿＿月＿＿＿＿日

學歷：□高中（含）以下　□大專　□研究所（含）以上

職業：□製造業　□金融業　□資訊業　□軍警　□傳播業　□自由業

□服務業　□公務員　□教職　□學生　□家管　□其它＿＿＿

購書地點：□網路書店　□實體書店　□書展　□郵購　□贈閱　□其他

您從何得知本書的消息？

□網路書店　□實體書店　□網路搜尋　□電子報　□書訊　□雜誌

□傳播媒體　□親友推薦　□網站推薦　□部落格　□其他＿＿＿＿

您對本書的評價：（請填代號　1.非常滿意　2.滿意　3.尚可　4.再改進）

封面設計＿＿　版面編排＿＿　內容＿＿　文／譯筆＿＿　價格＿＿

讀完書後您覺得：

□很有收穫　□有收穫　□收穫不多　□沒收穫

對我們的建議：＿＿＿＿＿＿＿＿＿＿＿＿＿＿＿＿

＿＿＿＿＿＿＿＿＿＿＿＿＿＿＿＿＿＿＿＿＿＿

＿＿＿＿＿＿＿＿＿＿＿＿＿＿＿＿＿＿＿＿＿＿

＿＿＿＿＿＿＿＿＿＿＿＿＿＿＿＿＿＿＿＿＿＿

請貼
郵票

11466
台北市內湖區瑞光路 76 巷 65 號 1 樓
秀威資訊科技股份有限公司 收
BOD 數位出版事業部

（請沿線對折寄回，謝謝！）

姓　　名：＿＿＿＿＿＿＿＿　年齡：＿＿＿＿　性別：□女　□男

郵遞區號：□□□□□

地　　址：＿＿＿＿＿＿＿＿＿＿＿＿＿＿＿＿

聯絡電話：(日)＿＿＿＿＿＿＿＿ (夜)＿＿＿＿＿＿＿＿

E-mail：＿＿＿＿＿＿＿＿＿＿＿＿＿＿＿＿